U0566132

Patrick Modiano

Une Jeunesse

一度青春

〔法〕帕特里克·莫迪亚诺 著　李玉民 译

人民文学出版社
PEOPLE'S LITERATURE PUBLISHING HOUSE

著作权合同登记号　图字 01-2014-8257

Patrick Moniano
Une Jeunesse
© Editions Gallimard，Paris，1981

图书在版编目（CIP）数据

一度青春/（法）帕特里克·莫迪亚诺著;李玉民译.
—北京:人民文学出版社,2017(2024.3 重印)
（莫迪亚诺作品系列）
ISBN 978 - 7 - 02 - 012746 - 7

Ⅰ.①一… Ⅱ.①帕… ②李… Ⅲ.①中篇小说-法
国-现代 Ⅳ.①I565.45

中国版本图书馆 CIP 数据核字(2017)第 098062 号

责任编辑　黄凌霞
特约策划　何炜宏
装帧设计　汪佳诗

出版发行　人民文学出版社
社　　址　北京市朝内大街 166 号
邮政编码　100705

印　　刷　凸版艺彩(东莞)印刷有限公司
经　　销　全国新华书店等

字　　数　90 千字
开　　本　889 毫米×1194 毫米　1/32
印　　张　5.75　插页　5
版　　次　2015 年 3 月北京第 1 版
印　　次　2024 年 3 月第 2 次印刷

书　　号　978-7-02-012746-7
定　　价　55.00 元

献给吕迪

献给吉娜

献给玛丽

孩子在花园里玩耍，快到每天下棋的时候了。

"明天早晨就给他拆下石膏了。"奥迪儿说道。

她和路易坐在木屋的凉棚下，远远观赏他们一对儿女：他们正同维特尔多的三个孩子在草坪上奔跑。儿子才五岁，左胳臂打了石膏，但似乎并不妨碍玩耍。

"他打石膏有多长时间啦？"路易问道。

"将近一个月了。"

儿子从秋千上滑下来，过一周才发现他骨折了。

"我去洗个澡。"奥迪儿说了一句。

她上了二楼。等她回来，他们就下棋。路易听见浴室里哗哗放水的声响。

大路的那一边，在一排杉树后面，坐落着缆车机房，像一个温泉疗养地的小火车站。这在法国似乎是首批建造的。路易望着缆车缓缓爬上弗拉兹山坡，鲜红的车厢衬着夏季的青山，非常醒目。孩子们骑着自行车在杉树之间穿来穿去，驶向缆车机房旁边的树荫空地。

昨天，路易摘掉了木屋门脸儿的那块木牌，扔到落地窗下的地上。牌子上的白字"快乐之家"是他写的。十二年前，他俩买下这幢木屋，改成儿童膳宿公寓，不知道起个什么名字好。奥迪儿喜欢法国名字："淘气鬼"或"小精灵"；但是，路易却认为，起个英文名字更响亮，能吸引主顾。最后，他们决定选用"快乐之家"①。

路易拾起"快乐之家"木牌，等一会就收进抽屉里。他松了一口气。儿童膳宿公寓，至此收摊了。从今天开始，他们就自家使用木屋了。他要把花园里端的板房改成茶馆餐厅；到了冬季，人们乘索道上山之前，会来这里喝茶进餐的。

孩子们现在玩捉迷藏，在他们的喧闹和笑声中，暮色渐渐从花园和谷底升起。明天，六月二十三日，正是奥迪儿三十五岁生日。再过一个月，他也满三十五岁了。为了庆贺奥迪儿的生日，他邀请了维特尔多夫妇及其子女，还邀请了阿拉尔。阿拉尔从前是滑雪运动员，现在开了一家小小的体育用品商店。

---

① 原文为英文 Sunny Home。

红车厢开始下坡，隐没在杉树丛中，继而重新出现，始终平稳地移动。可以望见缆车反复升降，直至晚上九点钟，最后一趟在滑下弗拉兹山坡时，看上去就像一只大黄萤了。

"这小子，真勇敢……"

大夫轻轻拍了拍孩子的脸蛋。最心疼的还是奥迪儿。刚才，大夫用一件器具切石膏，速度真快，如同电锯截断圆木。石膏上还有奥迪儿画的花，一忽儿就露出胳膊，完好无损，并不像奥迪儿所担心的那样，皮肤既未干枯，也未变成灰白色。孩子活动胳膊，慢慢打弯儿，他还不大相信，嘴角挂着专注的笑意。

"现在，你可以再把它摔断了。"大夫还说了一句。

奥迪儿答应过孩子，先吃个冰淇淋再回木屋。母子二人来到湖边，面对面坐到一家咖啡馆的露天座上。孩子挑了黄连木果草莓冰淇淋。

"拿下石膏了，你高兴吗？"

孩子没有应声，他表情严肃，正聚精会神地吃冰淇淋。

母亲注视着他，心想多少年之后，他还会记得胳膊上打的绘花石膏吗？他童年的第一件往事？由于太阳晃眼，他眯起了眼睛。湖面上的雾气消散了，今天是她三十五岁生日。不久，路易也到三十五岁了。人到三十五岁，还会发生什么新事儿吗？她心里这么琢磨，同时想到刚才从石膏里露出来的胳膊、完好无损的皮肤。真好像是他自己撑破别人用以囚禁他的这个外壳。人到三十五岁，生活还能从零开始吗？多严重的问题，她不禁微笑起来。应当问问路易。她感到答案是否定的。人到这种年龄，就像抵达平静的区域，脚踏浮艇在面前这样的湖面上自动滑行。而子女会长大成人，离开父母。

眼角有根睫毛磨眼睛，她从小手提包里掏出一个胭粉盒，盒是空的，只因里面镶有小圆镜子才一直使用。她未能拔掉那根睫毛，便端详自己的脸蛋儿。这张脸未变，还是二十岁那时的模样。当年嘴角没有细纹，但其他部分没有变化，的确没变……路易也没有变，他稍稍瘦了点儿，不过如此……

"生日好，妈妈。"

孩子讲这句话笨嘴笨舌，但还有几分得意。她搂抱着亲了儿子。如果孩子在出生之前就认识父母，在他们还未当父母、只有他们自己的时候，就认识他们，那该多有意思啊……她的童年是在祖母家度过的，那是在巴黎夏尔-克罗街，从那里分出好几条公共汽车线路……走出不远就是图雷勒游泳池的灰色建筑物、电影院和塞吕里埃林荫大道的斜坡。如果有点想象力，在旭日初升、雾气未散的早晨，这条陡峭的坡路好似通向大海。

"现在该回家了……"

奥迪儿让儿子坐在身边，她开车沿上坡路回木屋，嘴上无意识地哼唱着什么。不久她就发觉哼的是一出轻歌剧的起始几个拍节；这出轻歌剧名叫《夏威夷的玫瑰》，她曾在日内瓦的一家旧货商店里买到唱片，真是意外的收获……

他们坐在缆车机房前的绿漆长椅上，他们的儿子骑自行车穿过空场。一辆有稳定装置的自行车。奥迪儿头枕着路易的膝盖，躺着看一本电影画报。

孩子骑车压过太阳透过树丛投下的一片片光斑，然后又开始他所说的"绕大圈儿"。他不时停下，捡一个松果。缆车管理员在机房门口抽烟，他头戴大盖帽，身穿蓝制服，一副车站站长的神气。

"怎么样，情况好吗？"路易问道。

"不行。今天乘客不太多……"

没什么关系。即使空着，红色缆车也要按时出发。这是规定。

"今天可是大晴天。"管理员说道。

"还没有到度假的高峰，"路易说，"瞧着吧，再过半个月……"

孩子绕空场转圈儿，车子越蹬越快。奥迪儿戴上墨镜，翻阅画报，因为有风，手紧紧掐住书页。

他在睡眠中，听见孩子们的喊叫声时近时远，时远时近，给他的感觉就像随着光的强弱而变幻的太阳光影。不过，他总是做同一场梦：他高高坐在自行车赛场空无一人的看台上，望着他父亲紧握车把，在跑道上慢慢绕圈儿。

有人叫他，他睁眼一看，是女儿站在面前冲他笑。她差不多跟奥迪儿一样高了。

"爸爸……客人要到了……"

她穿一身红裙子，这出乎路易的意料。她十三岁了。路易刚从梦境中醒来，神智还不清楚，他挺奇怪女儿这么高了。

"爸爸……"

她责备地冲他笑一笑，抓住他的手，想把他从长沙发上拉起来。路易往回用力，过了一会儿，他就顺从地让女儿拉起来，亲了亲她的脑门儿。他来到平台上。夜幕还未降临，他从一排杉树中间望去，只见一伙人上坡朝木屋走来，已经听出阿拉尔低沉的嗓音、玛尔蒂娜·维特尔多的笑声。远处，红色缆车顺着弗拉兹山坡缓缓滑动，好似草丛里的瓢虫。

客厅里的灯全部熄掉。路易、奥迪儿、维特尔多和他妻子、阿拉尔，以及孩子们，都围着桌子等待。路易的女儿端着蛋糕从厨房走出来；蛋糕上插着八支点亮的蜡烛：三支表示三十岁的、五支表示五岁的。她朝他们走过去，大家唱道：

"祝你生日快乐……"

她将托盘放到桌子中央。所有人，一个接一个拥抱奥迪儿。

"请问，"维特尔多问道，"您到三十五岁，有何感受？"

"快要到当奶奶的年龄了。"奥迪儿答道。

"别胡说，奥迪儿。"

"应当吹灭蜡烛，妈妈……"

奥迪儿朝蛋糕俯下身，用力一吹。

"一下全吹灭啦！"

众人鼓掌，又打开电灯。

"唱支歌！唱支歌！"

"奥迪儿要给我们唱《马路之歌》。"路易说道。

"不行，不行……绝对不行……"

奥迪儿切开蛋糕。五个孩子离开餐桌，全聚在平台的边上。奥迪儿和路易给他们每人一份蛋糕，用小碟端去。

"他们夫妇不是想去睡觉吧？"维特尔多的妻子玛尔蒂娜说道。

"可不管那许多。今日不同往常，"阿拉尔操着浑厚的嗓音说，"不是天天过三十五岁生日。"

维特尔多看了看表。

"我想该走了，路易，实在抱歉打扰你们。"

他要去巴黎，乘二十三点三分的夜班火车，路易提议开车送他去车站。

"走吧！"路易说道。

维特尔多的妻子、阿拉尔和奥迪儿坐到平台上聊天。阿拉尔的声音压过其他人。夜晚闷热，远处传来隆隆的雷声。

维特尔多在起居室中央打开黑色皮包，似乎要匆忙检查一下忘记什么没有。孩子们拥挤着上楼。他们急促的脚步声穿过二楼大房间，逐渐减弱。在路易跟着维特尔多要走出木屋时，奥迪儿离开平台赶到他面前。

"生日好。"路易说道。

"嗳，别贫嘴了……"奥迪儿说道。

"您到了三十五岁，有何感受？"

奥迪儿抓住他肩头摇晃。

"别贫嘴了……很快就要轮到你了……"

路易紧紧地搂住她，两人哈哈大笑。有生以来，他们这是头一回庆祝自己的生日。怪念头……不过，既然孩子觉得开心……

维特尔多把手提箱和黑皮包放到汽车后座上，然后坐到路易的身旁。

"实在抱歉，路易……"

"哪里，哪里……五分钟就到车站了……"

路易慢慢启动汽车，过一会儿，他就让发动机熄了火。汽车沿着笔直的小路静静地冲下去。

"您什么时候回来？"路易问道。

"下周末。我希望八月份，再同玛尔蒂娜和孩子们到这儿来度假。你们运气真好，终年待在山区……"

"我想，我在巴黎肯定过不惯。"路易说道。

他打开收音机的开关，这也是习惯，每次开车总听收音机。

"您在这儿落户有多久啦？"维特尔多问道。

"十三年了。"

"可是我们，买下这幢木屋也只有六年……"路易又说。

"在我的印象里，你们在这儿的时间很久了。"

维特尔多和路易同龄，他在巴黎一家进出口公司里供职。每年圣诞节和复活节，他和玛尔蒂娜都要带孩子来这里滑雪，还经常把孩子托付给奥迪儿和路易，让他们跟"快乐之家"的孩子一块玩耍……

"这么说，这个公寓，就算关门啦？"

"关门了，"路易笑道，"木屋我们自家使用了……孩子们能在房间里滑旱冰了……"

"那么您呢，现在打算干什么？"

"也许同阿拉尔合伙，开一个餐厅茶馆，接待乘缆车的人。"

"归根结底，您是对的，"维特尔多说道，"……我也一样，真想全部放下，搬到这儿来生活……"

驶到头一个弯道。向左拐，顺着王家饭店的围墙。路易重又启动发动机。

"孩子们在这儿生活，肯定比在巴黎快乐，"他说，"我呢，希望儿子当滑雪教练……"

"真的吗？那么，您姑娘呢？"

“姑娘嘛，那就难说了……”

他摇下车窗。暴风雨似乎逼近了。

“你们在巴黎住过吧？”维特尔多问道。

“住过，那是很久以前的事儿了。”

他在站前停车，打开车门，拿起维特尔多的行李。

“受累，路易……”

两人穿过荧光灯雪亮、但空荡荡的小候车室。维特尔
多将车票塞进检票机。

“这些机器，越来越复杂了，”路易说道，“幸好我不
再旅行了……”

列车已经到站。

“再见，路易……星期五见……”

路易送上站台，帮他把手提箱和黑皮包拿到卧铺车厢
里。维特尔多抬起车窗，微笑着探出头来。

“星期五见……我把玛尔蒂娜和孩子们托给你了。您
要严厉……”

“非常严厉……跟往常一样……”

路易返回，穿过候车室的时候，看到关闭的窗口旁
边有一台售糖果机。他往口里塞进两枚硬币。有个东西掉
出来，包着艳红金黄两色纸，是一块俗称“岩石”的巧克
力。咦，还有这玩意儿呢……奥迪儿常到科兰库尔街那家

面包铺买这种糖。这就算给她的生日礼物了。

在广场对面的咖啡馆玻璃窗里边，有几个人影对着电视屏幕一动不动。一个女歌手的声音传到他耳畔。只听见有几分沙哑的歌喉，听不清歌词。刮起一阵温煦的风，返回的路上，开始掉雨点了……

十五年前的秋季，圣洛一连下了几天雨，兵营院子里积了几大摊水。他误走进水洼里，冰冷的水没到脚腕子，跟铁箍一样。

他拎着白铁皮箱子，向哨兵打了个招呼，走到大街路口时，不由自主地回头，再看一眼那幢在他生活中失去作用的土褐色营房。

这身法兰绒便装，上衣勒胳肢窝，裤子箍大腿。他需要一件大衣过冬，尤其需要一双鞋。对，要有一双大号胶底鞋。

布罗西埃约他七点钟在"阳台咖啡馆"见面。他认识布罗西埃已有两个月，此刻猛然想到，布罗西埃对他说正巧路过圣洛，肯定说了谎话。这人"生意"很忙，应当回巴黎，为什么要延长在此地的逗留时间呢？

他正是在阳台咖啡馆同布罗西埃初次相遇的，当时他要泡到午夜好回兵营。那天下午，他沿城墙散步，然后顺国道一直走到种马场，又稀里糊涂拐向右首，误入一片木棚区。回城之后，他就坐到阳台咖啡馆里，柜台旁边有一面镜子，映现他的形象：一身军装，叉着胳膊，头发理得很短。布罗西埃在邻桌看报，目光却暗暗盯着他。

"丘八还要当很久吗？"

布罗西埃好讲行话，路易不能完全听懂。

"您多大年龄了？"

"到明年六月份就满二十了。"

咖啡馆里只有他们两位客人，布罗西埃耸了耸肩膀，并说到了这个时候，圣洛街头没有行人了。

"如果还能称作街头的话……"

他哈哈大笑，声音刺耳。

"跑到这儿来当丘八，恐怕没多大意思吧？不是吗？"

布罗西埃有多大年纪？将近四十岁吧。他微笑的时候，要显得年轻些。一头金发，眼睛极为明亮，面颊红润，脸色就像抹了胭脂，一定是贪喝比利时啤酒的缘故。

他向路易介绍说，他住在巴黎，到圣洛的家来待几天，他哥哥在本城开办一个公证人事务所。他有十多年未回家园，早被这里的人忘记了。况且，他要利用这次度假的机会办些事。对，一个瑟堡人想要卖给他一大批美国物资：旧吉普车、旧军用卡车。他呢，布罗西埃，在汽车行里做事。他在巴黎甚至经营一个汽车修理厂。

那天夜晚，他陪路易一直走到兵营。他穿一件雨衣，戴一顶蒂罗尔式旧帽，帽子上还插一根发红的黄羽翎。他们沿着街道走，只见两旁排列新房，全是灰不溜秋的水泥建筑；一路上，布罗西埃好像推心置腹似的，对路易说他认不出他童年生活的城市了。第二次世界大战时城区被炸毁，后来又建起一座新城，圣洛市已不是原先的圣洛了。

阳台咖啡馆里，烟雾腾腾，人语喧喧，路易感到昏头涨脑。正是喝开胃酒的时刻。蒂罗尔式帽子目标明显，他很快看到布罗西埃有些拘谨地朝他走去，放下箱子，坐了下来。

"怎么样？就算退役啦？"布罗西埃笑嘻嘻地问他。

"嗯，退役了。"路易低声答道，因为他讲军人行话总觉得别扭。

"退役要庆祝一番，老弟，"布罗西埃说，"您瞧，我这不已经喝上了……"

他指给路易看还剩半杯红酒的杯子。

"您喝点什么？"

此公油嘴滑舌，像个推销员，粗声大气忽又变得矫揉造作，他谈起家具和书籍，向路易介绍说，从前他在巴黎为好几家古董店做过事。有一天傍晚，他甚至还详细指点路易，如何分辨摄政时期①和路易十五朝两种风格的扶手椅，并且用铅笔画图形，说明如何鉴赏靠背和扶手的质量。至于书籍，那也没的说，他喜爱原版书。对，他一谈起这些，就不再是他本人了，肯定是在模仿他深受影响的一个人的举止和言谈。

"退役万岁！"等招待送来康帕里葡萄酒，布罗西埃便嚷道。

两人碰杯。路易不敢告诉布罗西埃，自己鞋里灌进了水。

"您在想什么，路易？"

他只想一件事：脱下湿透的鞋和袜子，扔进垃圾筒里，确信从此穿上新胶鞋，脚再也不会泡水了。

"真烦人。"他猛然说道。

"什么，老弟？"

两年间，他一直唯命是从，忍受了兵营、宿舍、军服、灌进水的鞋子，现在结束了，回头再想想，为什么要忍受这一切呢？

---

① 指 1715 年至 1723 年法国奥尔良公爵摄政时期。

"我得弄一双新鞋……"

"这倒是……当然啦……"

"一双胶鞋。"

布罗西埃露出惊异之色，他一口干掉杯中剩下的康帕里酒，说道：

"好吧，想法儿买一双。"

他们走出阳台咖啡馆，拐进右首下方的商业街。混凝土拱廊下商店一家连一家。在最后一家商店的橱窗里，摆着低帮便鞋和女式皮鞋。店主正要放下薄铁窗板。

在商店的小客厅里，他们俩并排坐下，布罗西埃没有摘下那顶蒂罗尔帽。

"给这个年轻人买双鞋。"他说道。

"我想要一双胶鞋。"

店主解释说，胶鞋存货不多，他可以给他看"一双"最精制的意大利低帮鞋。

"不用……不用……就要胶鞋……"

路易要挑一双高帮、底子有三公分厚的胶鞋。他得试一试，便把湿袜子脱掉。

"您没有合适的袜子吗？"路易问道。

"有哇……网球袜。"

"可以。"

他穿上鞋，仔细地勒紧新鞋带。布罗西埃掏出钱包，付了款。店主递给路易一个塑料盒，里面装着他那湿透的鞋袜。

到了街上，路易把塑料盒扔进水沟里，这庄严的动作标志他生活的一个时期完结。当然，他还需要一件大衣，不过，那等等再看吧。

"咱们到讷沃泰尔饭店吃晚饭，"布罗西埃对他说，"我预订了一张餐桌。还有两间客房。"

"带浴室的？"路易问道。

"对，问这干嘛？"

在使用流水管总堵塞、如同大马槽子似的集体盥洗室之后，有一间浴室，真像一步登天。在使用两年门扇在院子的寒风中啪啪直响的土耳其式厕所之后，有一间浴室……

"这么说，我可以洗个澡啦？"

"洗多少澡都可以，老弟。"

又下雨了，但牛毛细雨，头发都不觉得湿。他们沿着城根大街走，街道微微向里倾斜。

"真有意思……"布罗西埃指着城墙对他说，"我还是小孩子的时候，有一天，我顺着打结的绳子从那上面坠下来……对了，这鞋穿着合脚吗？"

"很合脚。"

到讷沃泰尔饭店有几百米远。他们要经过街下角的"龙头船"电影院，然后过维尔河桥。然而，走的时间再长，路易也不在乎，现在脚踏到所有水洼里，他反倒会感到是种乐趣。穿上胶鞋，就再也不怕什么东西，不怕任何人了。

一个高音喇叭在播放轻音乐。饭店餐厅里没有别的客人，只有他和布罗西埃。两人坐在靠里的一张餐桌上，布罗西埃开始斟一瓶勃艮第酒，招待用托盘端上奶酪。

"退役万岁！"他给路易斟满酒，第三次喊道。

路易听到这个令他想起兵营的字眼，起初很恼火，后来就不再理会了。他渐渐沉入一种惬意的麻木状态。

"甜食，我看您吃份'黑白'冰淇淋吧，"布罗西埃提议，"一份'黑白'……"

他喝过量了，满脸通红，结结巴巴地说道：

"喂，路易……您不会怪我吧……"

他朝路易探过身去，悄声说道：

"我找来两个瑟堡姑娘……为了庆贺退役……"

由于灯光太强烈，路易直眨眼睛。扩音器播放的歌曲，叫什么名字，他极力回想，但是徒劳；这首歌常听到，是啊，然而叫什么名字呢?

"两份'黑白'!"

布罗西埃又探过身来。

"等会儿您瞧……她们就像这样，瑟堡那两个姑娘……"

她们在大厅等着。两个褐发姑娘，有一个扎成马尾式。她们开车来的，是马尾发式那个姑娘的汽车，一辆DS19，驶到瓦洛涅那一带，险些抛锚。老实说，这鬼天气，若是真抛锚，就叫人哭笑不得了。

"宝贝，关键是你们到了。"布罗西埃说道。

他摸摸一个褐发姑娘的脸蛋儿，对方冲他微笑。接着，他走向接待处。路易拎着箱子，独自陪伴两个姑娘。

"看来，您是刚服完兵役?"马尾式的姑娘问道。

"对，服完了……"

"您留下来，留在圣洛吗?"

"对。"

"要我看，最好去当海员……总是旅行……"

另一个姑娘从小提包掏出小镜子，开始搽口红。布罗西埃回来找他们。

"走吧! 119房间! 前进!"

电梯太狭窄，布罗西埃搂住马尾发式的姑娘，开始乱摸乱抓。那姑娘摘下他的插羽翎的绿帽子，斜戴在自己头上。路易跟另一个姑娘贴在一起，还不得不拎着箱子。

客房里糊了深蓝色布壁纸，摆了一对床和一张浅色木制写字台。一台收音机连在一个床头柜上。布罗西埃打开收音机。

"要香槟酒！不过，她们先得向你亮自己的号码！她们常去瑟堡的一家夜总会！"

"您叫什么名字？"一直戴着布罗西埃插羽翎帽子的姑娘问道。

"路易。"

布罗西埃关掉大灯，只剩下一个床头灯亮着。路易望望窗外，雨比刚才下得更紧了。

"退役万岁！退役万岁！退役万岁！"布罗西埃唱唱咧咧地重复。

"退役万岁。"一个褐发姑娘也跟着重复。

饭店前边坡下，有一片宽阔的广场，如同飞机场跑道。两行路灯照耀，通明瓦亮。为什么安这么多灯？路易注意到空荡荡的广场中央，停着两个褐发姑娘的 DS19 型汽车。

乔治·拜吕纳一上楼梯，就总被打击乐和电吉他的声浪压得透不过气。到了二楼，他得先坐到皮长椅上，身体僵直，聚敛力量，然后才能跨进"帕拉斯女神"音乐厅。

里面一片昏暗，只在里端左侧有一个亮洞，那是演奏台的乳白色区域，上面一支摇滚乐队正在摇摆晃动。一名歌手声音还不够沉稳，正吼着一支美国流行歌曲。演奏台周围簇拥着男女青年，大多数都不满二十岁。乐队的打击乐手有一头鬈曲的金发、肥肥的脸蛋，在拜吕纳眼里就像一个未老先衰的军人子弟。

拜吕纳开出一条路，一直走到柜台，要了一瓶白酒。喝下第三杯，他对喧声就不那么敏感了。他每次到"帕拉斯女神"音乐厅来，总待一个小时，看着乐队和歌手轮番上台：他们都是郊区青年或本街区的年轻职员。他们的梦想十分热切，他们的愿望十分强烈，就要通过音乐摆脱他们在生活中的感受，因此，拜吕纳听着刺耳的吉他声、嘶哑的歌喉，往往觉得是一声声呼救。

拜吕纳已五十出头，在一家唱片公司工作。他的任务就是每周到"帕拉斯女神"音乐厅来两三回，发现几支业余乐队，约他们去唱片公司，让他们试演。在这种时刻，他完全成了海关职员，要从聚在轮船前面想移居国外的人群中，选两三个人，把他们推上跳板。

他看了看表，心下决定到场露面已经足够。这一回，连注意一名歌手或一支乐队的勇气他都没有了。因为用胳膊肘开出一条路才能靠近演奏台，那太吃力。不行，今天晚上不行。

正是在这种时候，他注意到她。因为她背对着他，他一直没有看见。那姑娘栗色秀发，一对明眸，肌肤苍白，没有血色。顶多二十岁。她坐在柜台前，但注视着里端，一副心驰神往的样子。一阵骚乱，有人拥挤，鼓掌并叫喊。一个人登上台，是万斯·泰勒。为什么她独坐，不加入人群中呢？她的目光盯着音乐厅的唯一明亮区，这在拜吕纳的脑海唤起一个形象：被灯光吸引的一只犹豫的蝴蝶。万斯·泰勒在台上等着掌声和叫喊平息下来。他调好话筒，开始唱歌。

"您呢，也想唱歌吗？"

她惊跳一下，就好像突然被人从梦中唤醒，她朝他转过身来。

"您到这儿来，是因为对音乐有兴趣吧？"拜吕纳又问道。

他声音温和，态度严肃，总能使对方产生信赖感。她点了点头。

"真巧，"拜吕纳说，"我是给一家唱片公司做事，可以帮帮您，如果您愿意……"

她目瞪口呆，定睛看他。迄今为止，拜吕纳偶然选去试演的人，至少都上了台，跟打击乐和吉他喧闹一番，在灯光中亮一会儿相。然而今天晚上，拜吕纳选中的一个人却一声未吭，一动未动，好像淹没在喧嚣声浪中。一张儿与暗影无差异的面孔。

他叫了出租车送她回去。分手之前，他在一张纸片上写下他的住址、他办公室的电话号码。

"您什么时候愿意，就可以打电话，去找我……对了，您叫什么名字？"

"奥迪儿。"

"好吧，奥迪儿，希望很快见面。"

这幢红砖楼在尚普雷城门附近。她穿过院子，走进电梯，按了六楼的电钮；电梯只到六楼，她还得再上一条小楼梯，穿过一条走廊。

她住的是一间阁楼，洗脸池和床铺之间，刚有个下脚的地方。青灰色墙上挂着一个黑人女歌星和一个美国歌星的照片。房间极小，暖气片却很大，不成比例，热气太足。

她打开窗户，从窗口能望见远处凯旋门顶部。她随意倒在床上，从雨衣兜里掏他写的字条：

乔治·拜吕纳

贝里街21号4楼

电话：艾丽舍　0015

　　她明天就要给他打电话，时间一拖长，她就没有勇气了。

　　那人态度很认真，也许会帮助她的。她目不转睛地盯着纸片，以便确信人名地址真的写在上面。

　　她忘记买点食品，反正，最后这点工资也所剩无几了。自从不再去维尼翁街的那家化妆品商店上班之后，她就整天待在"帕拉斯女神"音乐厅，如同一个人泡在澡盆里。

　　床脚地上放着一个电唱机，她安上一张唱片，然后关了床头灯，在黑暗中躺着听音乐，只有对面方形窗口稍亮一点儿。由于没有手柄调不了暖气，无法降温，她总是敞着两扇窗户。

　　到圣拉扎尔站，天已黑了，布罗西埃还在睡觉，路易拍了拍他的肩膀。

　　他们在包厢里等着车厢里的旅客都下去。然后，布罗西埃对着镜子戴上那顶蒂罗尔式旧帽,路易则从行李架上拿下他的小白铁皮箱,布罗西埃的紫红色皮箱。

出租汽车站等车的人很多,布罗西埃向路易提议去喝一杯。两人朝北走上阿姆斯特丹街,路易拎着两只箱子,跟在布罗西埃身后。布罗西埃挑选的咖啡馆在两条街口,玻璃门面突出去,好似船头。咖啡馆里灯光耀眼。有人在玩电动弹子。两人坐到柜台前。

"两杯啤酒,"布罗西埃没有征求路易的意见,就点了酒,"有比利时啤酒最好……"

他摘下蒂罗尔式帽子,放到身边的圆凳上。路易望着玻璃窗外移动的行人,就好像在球形潜器里观察海底动物游动的影子:十字路口,交通堵塞。

"为您的健康干杯,路易!"布罗西埃举起酒杯,"您来到巴黎高兴吧?"

她沿走廊找去,耳畔尽是谈话声和电话铃声。一些人出出进进,房门砰砰响。然而,拜吕纳的办公室里却极为清静;有人要是在这门口待上片刻,准以为里面无人。没有一点人声,甚至没有打字机的嗒嗒响。

拜吕纳不是站在上下拉的窗子前吸烟,就是坐到一张圆椅的扶手上,听录音机播放的歌曲录音。他征求她的意见，但是音乐和歌声太微弱，她几乎听不见什么。有一天下午，她甚至撞见他若有所思的神情，瞧着录音带空转，认为无需放出声音。

他为同一家唱片公司干了很久，他的角色，按他的说法，就是"发现新的天才"，因此许诺给她录制一张唱片。不过，看样子他在办公室里感到无聊。每次她来看他，他总以不耐烦的口气说：

"我们下去走走好吗，奥迪儿？"

于是，他摘下从来不响的电话听筒，来到走廊，再拿钥匙插进他的办公室门锁孔里拧一圈，这才挽上她的胳臂，带她走到电梯。

他们从贝里街走向香榭丽舍，他始终默默无言，她也不敢打扰他的沉思。继而，他轻声慢语地对她说，时机到了，该给她录音，好向唱片公司推荐。应当选几首好歌，他要跟他认识的歌曲作者谈谈。要选"古典的东西"，逆当今"青年"唱歌的潮流。

他又沉默下来，他俩正沿着大街逆方向走，她觉得他对她忽然失去了兴趣，甚而忘记她走在身边。她就唱片行业胆怯地问了一句，但他未目视前方，未予搭理。

"这行当难啊……非常难……"

他讲这话的口气十分超脱，她真想问问他本人对这行当是否还感兴趣。

他俩走到21号门前，要进楼的当儿，他约她晚上来。

"一会儿见，奥迪儿。"

她站在原地，迟疑片刻，想上楼搞个突然袭击，如同上次撞见他让录音带空转那样。也许每天下午，他都瞅着黑带子悄悄放卷儿。

布罗西埃又要"出差"，动身之前给他挑了个酒店，位于十五区中心的朗雅克街。一间带洗漱间的客房、一张棕色木床，墙上糊了紫花壁纸。一位看不出多大年岁、留短发的妇女，将近九点钟把早餐端上来，他吃得光光的，就连白糖块、吃完馅饼剩下的果酱也不放过。一整天里，也许他要到一家咖啡馆的柜台买一份三明治。他已经计算过，按照这样开销，他用布罗西埃借给他的一百五十法郎，就能支持一个多礼拜。到那时候，布罗西埃就一定能"出差"回来，如他许诺的那样，向他介绍"那位能给他安排工作的重要朋友"。

他在兵营诊疗所度过漫长的日子，从那之后，他一直保持听他那绿皮套半导体收音机的习惯。他躺在床上，眼睛盯着天花板，瞻念将来，也就是说思想空空，耳边变换着节目：新闻、歌曲和广播游戏。时而抽一支香烟，但香烟很贵，一盒烟要多维持点时间。铁筒装的英国烟。在兵营里，别人总就这事儿嘲笑他，可是没法儿，他不爱抽黑烟丝。

傍晚的时候，他将客房钥匙装在兜里，偷偷瞟一眼接待室的玻璃门，便离开酒店。古铜面孔的秃头正跟一个只见脊背的对手下棋。到了外面，他拐进尼维尔十字街。还要往前挺远才到餐馆。经过圣朗贝尔街心花园时，他常常停留，坐到长椅上，边抽烟边等待吃晚饭的时间。布罗西埃给了他一条华达呢旧裤、粗花呢上衣，还真顶用：那年入冬，天气异常寒冷，后来下了雪，温度才回升些。

餐馆像个食堂，大餐桌，每张坐十来个人，挂着招待员的名签。他坐到"吉赛珥"负责的餐桌。花九法郎，他能吃上一道正菜，一盘肉和蔬菜，一道甜食，瓶装葡萄酒则随意买。墙上有一长幅壁画：萨瓦风光，是餐馆老板的家乡省份。

他同邻座寒暄两句，他们大多是男人，有的住在本街区，有的是出租汽车司机。他喝杯咖啡，情愿在把他衣裳熏成烟味饭味的气氛中，同这些人多待一会儿。天黑下来，他从尼维尔十字街一直走到格雷奈尔林荫大道。

到了十字路口，地铁天桥下有个扩音器，正播送音乐，但被电动车嘈杂声所淹没。他在池边站了片刻，观看在顶棚移动而留下串串火花的集电器杆，以及粉色、淡绿和紫色的电动车。继而，他沿着垒道一直走到塞纳河。

后来，当罗朗·德·贝雅尔迪向他谈起他父亲，他就想起他每次到达码头之前经过地铁站梯道时，总感到揪心。左首，冬季自行车赛场旧址建了几幢新楼，他知道当年父亲就是在那里参加比赛。他在贝雅尔迪办公室值夜班，为了消磨时间，就翻阅旧体育报的合订本，看到列举"冬赛场"的运动员中有他父亲名字的文章，便剪下来贴到集邮册上，于是，他眼前又浮现自己踽踽独行的形象，面对着取代自行车赛场的大楼，头顶上是地铁的隆隆声响，感到在格雷奈尔林荫大道的灰尘中，自己不过是一粒尘埃。然而，这在空气中毕竟是一种存在。

拜吕纳站在窗口，目光落到她身上，伴随了几秒钟，只见她穿过街道，然后消失在香榭丽舍大街熙熙攘攘的人群中。

她沿林荫路往南走，由于掉雨点了，她就躲到防护沙滩的拱廊下，停在通道的玻璃窗前。一个女人从商店里出来，撞了她一下；又走了几步，同一个男人错身而过，那男人冲她微笑，掉头跟在她后边，在她要离开长廊时上前跟她搭话。

"您独自一人吗？您愿意同我喝一杯吗？"

她当即扭过头去，快步走向林荫路。那汉子想追上去，但是到防护沙滩门口站住。她走远了，那人的眼睛还盯着她，就好像打了赌，就他目力尽量望她时间长些。电影散场，密密麻麻的人出来。他还看见她的栗色头发、她的雨衣的后背，不大工夫，她就同其他人混杂难辨了。

她走进和谐音商店，这种时辰顾客很多。她一直走到商店里侧，挑了一张唱片，让售货员给她放一下听听。她等了片刻，一个隔间空出来，她便坐下，把两个小耳机放到耳朵上。一片绵邈幽静。她忘却了周围的骚乱。现在，她闭上眼睛，任凭一名女歌手的声音侵入。她幻想有朝一日，她不再走在这令她窒息的人群的嘈杂声中，有朝一日，她将穿破这声响和冷漠的屏幕，将完全化为一种声音，一种像她此刻听到的清晰突出的声音。

她出了伊埃娜地铁站，又沿着林荫路一直走到塞纳河，再绕过特罗卡德罗花园。还要往前走一段才是拜吕纳住所，在一条和帕西码头大街成直角的街道里。

拜吕纳的一套住房在大楼的最后一层；楼上有平台，可以望见本街区的屋顶、塞纳河以及埃菲尔铁塔。他把折叠式帆布躺椅和一张桌子放在平台边缘，边上正好有舷墙一样的白色护墙。

起居室的窗户朝大街，里面摆了一张长桌、一把皮扶手椅和一架竖式钢琴。有一条过道通拜吕纳的卧室。过道左面墙上贴一张小广告，跟传单一样大小，上面写道：

乔治·拜吕纳

同

古斯蒂·霍尔伯

以及

奥斯卡尔·哈维尔卡

合作的

《夏威夷的玫瑰》

头衔的字体饰以玫瑰花环，上方有一张褐发英俊青年的椭圆形头像，她认出是拜吕纳。

"是您吧？"

他没有回答。第二天，他俩在阿尔博尼花园街餐馆吃晚饭——他们总在本街区的餐馆就餐，就好像拜吕纳怕远离自己住所似的——他向她解释了几句。二十三岁那年，他还住在奥地利，为一部轻歌剧谱曲，在他家乡维也纳演出获得巨大成功，随后到了柏林，讵料时乖命蹇，他的事业刚刚开始，纳粹却上台了。几年之后，他被迫离开奥地利，迁至法国，而且再也没有作曲，只是在电台和唱片公司工作。他讲述这些情况时，态度漠然，就好像谈论另外一个人。

晚饭之后，拜吕纳有时领她去新手演唱的酒吧间去。节目令他失望，但他做到问心无愧，一直待到最后。一天晚上，在圣心教堂附近，确切地说在德·拉巴尔骑士街，这个街名吸引了他，大厅里空荡荡没有顾客，专门为他们俩演唱。灯光刷白，一名淡金黄色头发的歌手，穿一身天蓝色服装，他晃着脑袋，摇着电吉他。拜吕纳神情漠然，目不转睛地盯着他。接着，一个穿着白花边连衣裙的褐发矮个儿姑娘，开始唱一支摇篮曲。在节目之间，一个漫不经心的小贩模样的主持人出来逗两句。还有一位高个儿姑娘唱了海员咏叹调，她额头高高的，整个面孔和上身酷似装饰船首的头像。紧接着上来一个矮胖女人，她净做怪态，接连插科打诨。灯光换成橘黄、乳白和青绿色，拜吕纳向演员们祝贺。而这次晚会，却在她的头脑里打下深深的烙印。

这无疑是由于在这样的灯光下偷偷观察他，觉得他神秘莫测，甚至觉得他俊美，像那个椭圆形半身像的青年，像那个在维也纳创作了《夏威夷的玫瑰》音乐的人。

　　她终于产生这样的疑问，如果没有他，她会落到什么地方，而没有他在身边，她就感到茫然若失。

　　一天夜晚，她从拜吕纳的住所回来比平时晚些，警察在街上截车，检查车上人的身份证。她很远就发现警察，然而，她未敢对出租汽车司机说让她立即下车，也好避开检查。

　　一名穿制服的警察一抬手，出租汽车便靠人行道边停下。她在手提包里翻找身份证，并从放下的车窗递出去。

　　"您还没成年……"

　　警察示意让她下车。她付了车费，而出租汽车司机却无动于衷，找给她零钱，头也不回便开车走了。

　　囚车停在不远处，在贝尔蒂埃林荫大道的平行侧道上。她被推上囚车。

　　"一个未成年姑娘……"

　　"多大年龄？"

　　"十九岁。"

　　车里有两个穿制服的警察、一个穿便衣的金发胖子。金发胖子在检查身份证。

　　"您住在父母家吗？"

"不是。"

"您是大学生吗？"

"不是。"

车门啪的一声关上，司机打盘掉头，驶上贝尔蒂埃林荫大道。两名穿制服的警察夹住她，穿便服的金发胖子坐在她对面的长凳上，边凝视她，边懒洋洋地晃着身份证。

"这么晚了，您在外面干什么呢？"

她不回答。况且，他问这句话也是例行公事，声调倦怠，似乎并不关心回答。

"到勒夏特利埃街给我停一下。"他对司机说。

他将身份证塞进上衣兜里。囚车拐进右首一条小街，放慢速度，最后停下。

金发胖子起身下车，但没有随手关车门。她看他走进一幢房子：那房舍的玻璃门装饰有金属框，墙上挂一块灯光牌子，标明"古尔戈寓所"。

有一阵，她想逃走。有一名穿制服的警察也出去了，在人行道上踱步。另一名警察坐到她对面的长凳上，已经合起眼睛。然而，她如何弄回身份证呢？在人行道上那名警察也一定会拦住她。

她昏昏欲睡。古尔戈寓所一楼的两扇窗户亮着灯，她看出左侧窗户里面有一株绿色植物，宽大的叶子像吸盘似的贴在玻璃上。

"您要抽烟吗？"

警察递给她烟盒，她谢绝了。

"您看要拘留我很长时间吗？"

"不知道。"

他耸了耸肩膀。这名警察挺年轻，不超过二十五岁，困得打不起精神，他用拇指和食指紧紧夹住香烟，猛劲吸，一副奸诈的样子。

金发胖子从古尔戈寓所出来，由一个拿着手杖、个子很高的男人陪同。身穿制服在下面来回走的那名警察，仿佛要让他们单独谈话似的，很快上车，坐到她身边。那两人在人行道上交谈，声音很高，时而哈哈大笑。她听到只言片语，是谈论一个叫保尔的人。

那两人继续议论，不时远离囚车，每次她都暗想他们还能否回转。也许是把她忘记了吧？两名穿制服的警察在她身边打瞌睡。金发胖子和另一个人重又在囚车前走来走去，高声说话。

她思忖这要谈个通宵，她也要像两名警察一样睡着了。可是，金发胖子俯身向车门，说道：

"您可以下车了。"

另外那个人离开几步远，拄着手杖伫立。

"身份证不能马上还给您。明天两点钟您来取，好吧？"

他告诉她第十七区的一个警署地址。

她径直离去，不敢回头看，确信那两个男人在盯着她。她走上维利埃林荫路时，听到发动机的声响，只见囚车从她面前飞驰而过。

尚普雷门广场有家咖啡馆还在营业，她想给拜吕纳打个电话，向他讲述一遍事情的经过，然而，她觉得自己没有勇气向柜台讨一枚打电话的筹码。

比诺林荫大道豁口。她来到城区边缘的一片空场上。

只要穿过林荫大道豁口，走向讷伊，那就像摆脱沼泽地，就像驶入大海。

不过，她还是走进左首那幢大楼的院子，登上楼梯。她一进房间，便躺在床上，立即进入梦乡，都没顾上脱掉衣裳，把床头灯关掉。

路易惊醒。有人用力敲房门。

"里边的人起来……我是布罗西埃……我在楼下等您……"

他急忙穿上衣服，头发也没顾得梳就下楼去。布罗西埃靠在接待处的写字台上。

"我带您去吃早饭……"

外面还黑乎乎的。刚到七点钟。他俩走进伏吉拉尔街的一家咖啡馆，招待刚刚摆好桌椅。

布罗西埃把黄油面包片浸到牛奶咖啡里，大口吞下去，那贪婪的吃相叫路易惊奇。他换了一顶新帽子，还是原先式样，插一根红棕色羽翎。大衣看来也是新的，罗登厚呢料子。

"这件大衣，不错吧，嗯？……您也应当有这样一件……穿上准合适……赶明儿我带您去暾梅服装店……您不能总穿着我这件旧华达呢……请原谅，这么早把您叫起来，不过，我还要出去五天……到西南地区……一回来就办您的事……"

他往路易手里塞了折成两折的钞票。

"给您零花钱……别忘了，我一回来，您就开始工作……我向您介绍我提过的那位朋友……"

他满腹心事地看了看表。

"您若想找我，可以给第七区舍维尔街穆盖酒店留个话……他们会转达给我……穆盖酒店……电话：荣军院05-93……"

他在一张纸片上写下电话号码。

"说好了，过五天，还是这个时间，咱俩在杜凯斯纳林荫路，阿尔西翁·德·布雷特伊咖啡馆见面……"

他到西南地区能买卖什么货呢？路易心想。也许是轮胎吧。这一念头他觉得好笑。对，是轮胎。

"您在维尼翁街的巴黎香水店干了一年？"金发胖子问道。

"对。"

"您为什么又不干了？"

她垂下头，发现自己的长袜抽丝了。

"我给他们打了电话。他们还不错，没有抱怨什么。像您这年龄，拿几管口红也没什么了不得……好……好……不要着急……"

他的声调十分委婉。

"我们知道，您母亲在当时的罪犯档案科挂了号。"

罪犯档案科。这话是什么意思？他递给她一张纸，上面写着她的姓名，出生日期，并注明："父亲不详。"下面是她母亲的姓名。她跳着看了几句："……该人没有固定生活收入……奸情……黑市……在德国占领时期当帕什科的情妇……一九四四年九月，在热夫尔码头大街警署受过审讯……一九四七年二月十四日，在卡萨布兰卡（摩洛哥）去世，享年三十二岁……"

"我们的记忆力很好……"

他的胳膊肘撑在打字机的黑色塑料罩上，冲她和蔼地微笑。然而，她害怕这种笑容，并因长袜抽丝而难受，就仿佛这是妨碍她逃跑的一种伤痛。

"现在看您的了。"金发胖子说道。

她穿过火车站大厅，走进一间候车室。空无一人。她坐下，开始翻一本画报，极力控制自己的烦躁情绪。

过了一段时间，乘客进来，各自坐下。这是乘车高峰的时刻。从郊区开来的列车载来大批乘客，而在巴黎城区工作一天的人群，都拥到待发车的站台上，这种沙漏计时器般的运动一直持续到晚上八点钟。

她要想融入这人群中，随便跳上一趟列车，从而摆脱那个金发胖子和另外两个人的监视，这是很容易的事。然而，一名便衣警察却走进候车室，坐到门口附近，丝毫没有注意她，立即埋头看起报。

一会儿工夫，所有座位都有人了。她环视周围，但目光避开那个便衣。全是等车的疲惫的面孔。一个女人身上散发的脂粉气味，同黑烟丝味混杂起来。里端那面墙上贴着一张广告：整个画面是白色和天蓝色，在反射着阳光的广袤雪原上，只有一个滑雪者。广告上写道："去恩加丁^①度假。"

外面，有个男人额头顶着玻璃门。她能出这水族馆吗？她身边有个人起身离开候车室。那人在玻璃门外端详她，迟疑片刻，便走过来，坐到空出的椅子上，他的大衣襟拂到她的膝盖。

"几点钟了？"

他声音非常尖细，同他的方脸平头很不相称。他戴个蝴蝶结。

她回答之前，迅疾地朝便衣警察瞥一眼，便衣警察朝她点了点头，那动作几乎难以觉察。

"您等哪趟车？"那男人问道。

"九点钟去瑟堡那趟车。"

"我也是，真巧……我们去喝一杯好吗？差不多还得等一个钟头呢……"

他的声音越来越尖细了，但他吐字的方式也很奇特，就好像嘴唇上涂了凡士林。

"如果您愿意的话……"

他脚步很快，眼睛紧盯着她。便衣警察在侧面拉开几米跟着他们。

---

① 瑞士东南部格劳宾登州境内一条河谷，以充满阳光的天气、秀丽的风景和户外运动著称。

“我提议到站外喝杯茶去。我知道一个地方很安静……”

天黑了。他打开一辆车的车门。是DS19型车。他口气生硬地说：

“那地方不远，但开车去更快……”

他沿阿姆斯特丹街往南开去。

“您是……大学生吗？”

“对。”

“学什么？”

她不知道如何回答。

“学英语……”

他的手扶着驾驶盘。一双白胖的手，没有一点汗毛，戴一只结婚戒指。他上车入座之前，先脱下大衣，仔细叠好。里面一身海军蓝西服，领口戴着灰色蝴蝶结。

车沿着圣拉扎尔街行驶，他的头左顾右盼。

“这条街真怪……我不喜欢这个街区……”

他撇着嘴。

“瞧啊……多难看……”

在布达佩斯街的拱廊下，一个女人在等待，她身后有一群男人停在一家酒店大门的对面。

“您不觉得这难看吗？”

由于她一直缄默，他又说道：

"您也明白，如果您像这样一个姑娘……真难看，不是吗？"

车驶入伦敦街。

"她们干的就是人们所说的勾引……可怜的姑娘……"

"您说那地点，还远吗？"

"不远了，就在附近。可怜的姑娘……"

她心下决定，再遇到红灯，她就跳车跑掉。他猛然拐进一条小巷。巷子很窄，阒无一人，像私宅的通道。车停下。她企图开车门，然而车门已经锁上。

"等一下……我要给您看一样东西……"

她再次按车门把手，用肩头撑玻璃窗。

"算了，算了……白费劲儿……我锁上了……等一等……"

他回身从后座抓起一个黑皮包，打开，从里面掏出一个栗色皮革包皮的大相册，又把皮包放回原处。

"喏……瞧瞧……"

他打开相册，各页仔细贴着"特殊照片"，即从前一对红麻脸孪生兄弟在克利希林荫大道偷卖的照片。他小心翼翼地翻着，如同翻祈祷书。

"您瞧……我最喜欢的……就是……这张……"

这是侧面照：一个头戴黑狼面具的女人，正吮着一个没照到脸面的男人的生殖器。

"您喜欢吗？"

他扔掉相册，抓住她的颈项。她奋力挣扎，但他抓得越来越紧，用右肩头把她按在车座靠背上，左臂伸到后边，打开手套盒。

"等一等……我得采取防范措施……"

他拿了一个半展开的避孕套，在离她脸几厘米远晃一晃。

"这您不觉得别扭吧？我怕得病……"

他越来越用力地搂住她，她企图挣脱，但他把她按倒在座位上，全身往下压。

"用不了多长时间……别动弹……"

她什么也看不见了，眼前只跳动灰色蝴蝶结。

"别动弹……这事儿很快……"

这时，有人打开车门，扯着衣裳领子把这家伙拉下车。她坐起来，金发胖子扶她出来。

他们将那人按在两扇关闭的高高百叶窗的墙上。由于那家伙还比比划划，一个便衣警察就一下一下用手背抡他。他们将他拖到停在小巷口的车前。

"我这就来。"金发胖子冲另外两人喊道，而他们则把那人推上车。

接着，金发胖子有点尴尬地又走到她面前。

"完事儿了。如果您愿意的话，我们去喝一杯……"

DS19 的车门还敞着，他从车座上拾了件东西，把车门关上。

"他把这东西丢了……"

金发胖子给她看了看蝴蝶结，便装进兜里。

他们到附近的伦敦街一家咖啡馆，挑一张餐桌坐下。

"两杯基尔酒！"金发胖子叫道。

她一下子干了一杯酒。

"把这杯也喝了吧。"

他从兜里掏出蝴蝶结，拿在手中摆弄，说是"多亏她的合作"，他和他的同事才抓到那人，并向她介绍那人的一些情况。他是科隆贝林园的工程师……他们花了三个月时间，才查清他的身份……这个混蛋，就以这种方式，差一点杀害一个德国姑娘。

她因刚刚发生的事情，还没有定下神儿来，没怎么听他讲。接连两杯基尔酒下肚，终于使她精神麻木了。

"再来一杯基尔酒？嗳，没事儿……有我……"

他确信，这位迟早必沦落到圣拉扎尔车站。老经验了，从他在那街区警署开始做事的时候起。那是巴黎最低的地方，一个大坑，一个漏斗，所有人最终都要滑进去。只需等待。一旦他们掉进圣拉扎尔泥潭里挣扎，那就可以像抓白斑狗鱼一样，把他们铐起来。不过如此。

"明天，您出面作证……这小子，要严惩他……到时候我把身份证还给您……"

他费力地站起身。

"去作证，嗯，还是原来地方……明天两点钟，在加尔瓦尼警察分局办公室……然后，您的事儿就一笔勾销了……"

他似笑非笑，脚步轻捷地走出咖啡琯。他把蝴蝶结落在餐桌上，她的目光则被这蝴蝶结吸引住。

归根结底，整个事件无关紧要，她甚至不会向拜吕纳提起。她又要了一杯基尔酒。身后有人玩电动弹子，她听见她很爱听的一个歌喉：这年，所有电唱机都放送他的歌，一种低沉的声音，无情无绪，非男非女，犹如海绵灌满了烟。弹子丁当声、嗡嗡的人语、大壶倒咖啡的哗哗响，灌满了那边广场"三圣王"商店橱窗闪烁的夜色。

只有一件事算数：要把身份证还给她了。

一天下午，拜吕纳在贝里街的办公室里，终于向她介绍两个男人：一个胖子，几乎秃顶，手拿黑色皮包，另一个金发鬈曲，脸颊消瘦，他们叫贝尔纳和萨尔迪，是作曲家，为她写了四首歌，拜吕纳把音乐出版合同交给他们签字。

接下来整整一周，她就练这几首歌，由一位奥地利钢琴师伴奏；拜吕纳在创作《夏威夷的玫瑰》的时期就认识这人，现在时常让他干点秘书的工作。等她练好了，拜吕纳就定下录音的日期。

他陪她去录音室。她用两个下午录好了歌曲。继而，他让人压制了几张样片，即他所说的"软唱片"，上面录制了她四首歌曲。晚上，她在他的寓所听这几首歌，真不敢相信把一张唱片放到唱机上，她会听到她的声音，她自己的声音。拜吕纳鼓励她，一再对她说，她声调准确，不久就能签合同。其中一首歌题为：《鸟儿飞回来》，而另一首的副歌是这样开头的："我的心曾随波逐浪。"

他要亲自送去一张歌曲"软唱片"，她就在唱片公司附近等他，停留在戈蒙大酒店侧面的一条小街上。

他终于回来，对她说"机器已经运转"，一周之后他准能得到肯定的答复。

他决定步行回办公室。他们沿着巴蒂尼奥勒林荫大道，走在有阳光一侧的人行道上。拜吕纳一路保持沉默，仿佛心事重重。她提了好几个问题，他却不回答。她忍不住问他，是否有什么事引起他的忧虑。

"嗳，没什么，真的……没什么……"

走到十字路口，他们拐进左首马尔泽尔伯林荫大道，拜吕纳心不在焉地朝楼房正面瞥了一眼，戛然停在一座小私宅门前；看那扇门和唯一的窗户，这座建筑就像一个玩具房子。

"咦……真有意思……"

他平时讲法语外国口音很轻，只是叫她名字"奥迪儿"时才加重，真正能听出来。她站在他身边，也望着这幢房子，但不解究竟什么吸引了他的注意力。

"真有意思……你知道吗，当年这里是什么？是奥地利总领事馆。"

"哦，是吗？"

"对……奥地利总领事馆……"

他沉浸在一件往事的追忆中，将手轻轻放在她的肩上，就像对孩子那样说道：

"有一天，我到这里来……是我在巴黎生活的头一年。奥地利已经不存在了。然而，还有奥地利总领事馆……"

他压低声音，如同一个人为了更有效地诱惑一位少女，给她念《索菲娅的苦难》时采用推心置腹的口气。

"当时这座房子是奥地利总领事馆，我走进去……这里的人向我说明，我已经丧失了奥地利国籍……完了，没有护照了……于是，我到蒙梭公园，坐到一张长椅上……"

他挽起她的胳臂，最后望了一眼这幢房子的黑门脸，便拖她走向公园的铁栅门。

他们坐到有孩子玩耍的沙堆旁边的长椅上。看来他无意马上回办公室。

"人应当晒晒太阳……"

"好主意，奥迪儿。"

她觉得他刚才讲的那段经历，有点模糊不清，很希望他详细讲一讲，然而，他却仰身靠在椅背上，合起眼睛，迎面晒太阳。比方说，她很想了解那天下午，他拜访了已不存在的奥地利的总领事馆之后，是否坐在这同一张长椅上。

她连续按了几次铃。无人。她有房间钥匙，于是自己开了门。

她叫了一声，但没有他的应声。房间很静，拜吕纳一定在办公室耽搁了。

起居室的桌子上有一个大信封，上面用红墨水写着她的名字。她拆开信封，里边装了一封信，以及她两首歌所余的"软唱片"。

亲爱的奥迪儿：

当你看到这封信时，我在特尔纳林荫路罗瓦罗酒店就了此一生了。我在这座酒店住了很久，还是我刚从奥地利来的时候。不过说来话长，我不想赘述，令你生厌。

至于你的唱片，我抱乐观态度。去看看道维纳或沃尔索恩，就说我介绍去的，电话号码：星形广场　05-52。他们会帮忙的。

我拥抱你。正如我年轻时唱的一首歌所说的："分手时请说句'再见'。"

乔治[1]

不要待在房间里，因为他们可能找你麻烦，向你提问题。

她感到无力起身了，目不转睛地盯着一束阳光照亮一部分键盘的钢琴。她想到那几天下午的情景：她站在这架

---

[1]　原文为德文。

钢琴前，兼拜吕纳秘书的那位奥地利老人教她唱歌，有时甚至弹《夏威夷的玫瑰》的序曲给她解闷儿。她手里拿着大信封，坐在皮扶手椅上不动。

电话铃响了，但她仍然不动弹。门铃也持续响了很久，接着肃静了，那束阳光移到灰色地毯上。

电话铃又响了。这回，她摘下话筒。

"喂！……"

"请问您是谁？"

是个有力的男人声音。

"拜吕纳先生的……一个朋友。"

"等一等……请不要离开话筒……"

那男人跟另一个人说话。她听见窃窃私语声。

"喂……您那儿是乔治·拜吕纳先生的家吗？"

这声音比前者低沉。她挂断电话。她沿着特罗卡德罗花园走去，每天傍晚，她都走这同一条路，算来已有两个月。花园。码头。比尔-阿凯姆拱桥。她想起花园里的水族馆，她同他一起参观过，想起他们回代尔塞尔林荫大道所登上的台阶。他让她注意，这个街区建在一个小山坡上，分好几个层次，在他看来有一种特殊的魅力。夜晚在屋顶平台上，雪后那几个温煦的夜晚——他们俩想洞悉邻近窗户和平台的秘密。

她到一家咖啡馆查了一本通讯簿，找到那家酒店的地址，然后沿特尔纳林荫路北上。

她走到那个门牌号附近，看见一辆救护车和一辆警车停在人行道上，好几名穿制服的警察正围在一起讨论。他们站在可能是酒店正门的前面。两个男人从门里走出来，她猛地掉头走开，她认出了其中的一个：那个金发胖子，曾在圣拉扎尔火车站利用她当钓饵的人。上周，她去加尔瓦尼警察分局在证词上签字，他把身份证还给了她。

她未敢回头，快步跑开，唯恐看见金发胖子追上来，感到他就像亮晶晶的绿豆蝇，糊到人脸上和手上，赶也赶不走。她确信既然他在那附近转悠，那就说明拜吕纳已经死了。

她来到连接圣拉扎尔车站和车站酒店的空中走廊，拣一张餐桌坐下。她透过玻璃窗望见街道、出站并等出租汽车的人。她隐约产生一个念头，才一直走到这里，要尽快乘车离开巴黎；她还记得金发胖子的看法：迟早总要掉进圣拉扎尔这个深坑。

天黑了。车站大厅和餐厅之间人来人往，十分单调。

人们都匆匆喝点饮料，又去赶郊区车。下面街道上的人也渐渐钻进出租汽车，但候车的队列始终那么长。在这种骚乱中，唯独她一动不动。

她像上次跟金发胖子一起那样，叫了一杯基尔酒。她忘却了为何来这里。看着这起起坐坐的人群，听着失足大厅的喧闹声，她感到头晕目眩。她有多久没睡觉了？只见周围模糊的身影、晃动的大斑点，耳畔蚊虫的嗡鸣渐渐掩盖其他声响。

布罗西埃放下车厢窗户，探出头去。

"后天，我往朗雅克酒店给打电话，路易……将近五点钟……"

列车启动。布罗西埃俯在窗口，以命令的姿态伸出五个手指头。显然这表示"五点钟"。

路易回到车站大厅。时间已晚，不能去尼维尔十字街用晚餐，他走向楼梯，准备出站，忽然发现左首玻璃走廊里改成的小餐厅，于是走进去，找一张餐桌坐下，叫了一杯牛奶咖啡和两片面包。

时间太晚，餐厅里没有顾客，他只看见靠里端一张餐桌有一位姑娘，她额头俯在蜷曲的胳臂上，似乎睡着了。路易只瞧见她那头褐色秀发。

这个餐厅的黄色灯光有些发污，仿佛灯盏用旧，或者被乘车高峰时拥进这里的人的气息熏脏了。只有黑玻璃那边清澈明亮，那旁边墙上贴了一张广告，上面写道："到恩加丁旅行。"

他一边吃面包，一边目不转睛地盯着那散在桌上的秀发。几乎看不见脖颈、额头和手，纹丝不动，不见一丝气息。也许她死了。

他喝着牛奶咖啡。招待已经离开餐厅，现在一片寂静，仅仅时而传来下面出租汽车站停靠车辆的马达声，以及有节奏的关车门的声响。那姑娘餐桌上的秀发旁边，有一只酒杯，路易看那半杯酒的颜色，心想大概是石榴果汁。

招待回来了，开始翻过椅子码在桌子上。到了关门的时间。路易付了钱。

"她睡着啦？"

招待指给他看趴在桌上的姑娘。他迟疑一下，便走过去摇摇她肩膀。她缓慢地抬起脸。

"关门了。"

她眨眨眼睛，还不明白怎么回事。路易见她脸色苍白，不禁惊愕。她搜索衣兜，掏出几枚硬币，放到餐桌上。招待数了数。

"还缺三法郎。"

她神色窘困，摸索着衣兜，但一个子儿也没有找到。路易起身，往桌上放了五法郎的票子。

"谢谢。"

车站大厅空荡荡的。路易跟在她后面，见她脚步越来越慢，担心她跌倒。最后，她坐到售票窗口旁边的长椅上。

"您不舒服吗？"路易问道。

"不太好受……我怕昏过去……"

他坐到她身边。

"如果您愿意，我可以帮助您……"

"谢谢……等一下……就会好的……"

在大餐厅的平台上，有一帮请假出来的士兵正在唱歌，每唱完副歌就中断，连声吼叫和狂笑。有几人朝发车的站台走去，但脚步缓慢，好似梦游人。路易想到他刚才送布罗西埃上车时的人群。乘客的潮流退去之后，空荡荡的大厅里只剩下他、这位姑娘，以及那边请假外出的一些士兵，如同被抛在岸边的一团团海藻。

他扶她站起来，挽着她的胳臂。下楼梯时，他感到她的手直用力。到了大厅，她的脸色显得更加苍白，也许是由于荧光灯管射下的白光。他挽着她一直走到出租车站。

幸好无人等车了。

她说地址的声音极低，还是他告诉司机："去尚普雷门。"

在电梯里，她几乎站立不住。他架着她的胳膊穿过走廊。她向他指明她的房门，并给他钥匙；他费了好大劲儿才打开，因为钥匙只要插进半截就行了。她仰身倒在床上。

"您要吃点什么吗？"路易问她。

"不，谢谢。"

她的脸色惨白，路易心想要不要请大夫。

"我已经觉得好些了……"

她对他勉强一笑。

"您能留下来陪陪我吗？等我感觉再好些……"

"您叫什么名字？"

"奥迪儿。"

他坐在床沿儿。她合闭眼睛，又睁开，但间断的时间越来越长。不一会儿，她就睡着了。

他要不要给她买点什么吃喝来呢？尚普雷门一带的咖啡馆一定还在营业。可是，他出去这工夫，没准儿她会醒来。他意识到布罗西埃行前忘记给他钱了，兜里仅剩下两张五法郎的票子。

她在醉睡，左脸蛋儿贴在枕头上。她的靴子一侧已经半开了，他给她脱下来。这是间斗室，床铺和洗脸池中间，刚够下脚。他看见墙上贴着歌星的照片，洗脸池上方挂一本日历，翻到一月四日。他无意识地撕下过期的几页。今天是一月十二日了。

窗户为何大敞四开？他想关上。暖气太热，他找扳手想调一下，但是徒劳。他这才明白，又打开窗户。

他饿了。十法郎，怎么能支持五天呢？他在她身边躺下，关了床头灯。

奥迪儿翻遍衣兜，搜集三张十法郎的钞票，以及两法郎八十五生丁零钱。

傍晚时分，路易跑了一趟食品店，买了一磅牛奶、面包和几块火腿。他给穆盖酒店打电话，对方回答说，布罗西埃下周才能返回。

他们干脆睡觉，尽量在床上躺的时间长些，以减轻饥饿感。他们丧失了时间概念，如果布罗西埃不回来，他们就难再离开这房间，难再离开这张床铺。他们在床上听音乐，神智渐渐模糊。外界的最后一个景象，就是窗口外终日飞舞的雪花。

布罗西埃在尚普雷大饭店一张餐桌旁等他们，路易把奥迪儿介绍给他。

　　"您做什么事啊？"布罗西埃问道。

　　"我准备录制一张唱片。"

　　"唱片？目前竞争一定很激烈……"

　　他转向路易：

　　"他嘛，我们设法给他找个好差使。但愿他能胜任……"

　　他装出一副慈父般的口气，两人听了都反感，相视会意；路易确信，对于布罗西埃其人，她跟他的想法准一致。布罗西埃端详奥迪儿，不用说那眼神色迷迷的。

　　"我也如此，年轻那时候，梦想从事一种艺术的职业……"

　　他笑眯眯的，要倾吐自己的秘密。

"您想想，我遇见一个人，还鼓励我搞艺术……他让我报考一个剧院……可惜，此路不通……我太像一个叫罗朗·图坦的演员……"

他故意大喘气，好让人从容体会他这话的分量。

"其实，这是唯一能真正引起我兴趣的事情……这么说……你们两人要住在一起？就在那儿吗？……"

他指着街道对面的那幢大楼。

"对……我们要住在一起。"路易答道。

"在你们这种年龄，这很美……生活要跟上时代的风气，嗯？"

他摘下蒂罗尔式样帽子，放在餐桌上。

这顶帽子的绿色比其他几顶深，几乎呈蓝色。看来他有一套。

"我也一样，在你们这样年龄，无忧无虑……等哪天，我跟你们讲讲……"

奥迪儿的脸一直毫无表情，这时露出不耐烦的神色。布罗西埃也许发觉，他猛然抬头，说道：

"跟您说，路易……我同我朋友贝雅尔迪约定……星期四，三点钟……到他那里……您应当刮刮胡子，老弟……你这样子像个流浪汉……"

那群楼房位于路易-布莱里奥码头大街，从凡尔赛林荫大道方向也能进。他那套房在四层，路易注意到门铃钮旁边镶一小块大理石牌子，上面刻着金字：R·德·B。

"这是什么意思？"他问布罗西埃。

"罗朗·德·贝雅尔迪。"

布罗西埃按门铃。一个男人打开门，他褐色头发，高个头儿，有四十来岁。

"罗朗，我给你介绍路易·芒兰……罗朗·德·贝雅尔迪……"

"幸会。"

主人把他们引进客厅：这间客厅很宽敞，窗户对着塞纳河。他给他们指了指浅蓝色天鹅绒套长沙发，自己则坐到路易十五朝式样的写字台后面。

"你多大年龄啦？"

"他二十岁。"布罗西埃未容路易开口，抢着替他回答。

"很好。"

贝雅尔迪以保护人的目光上下打量他。写字台上没有一张纸，只有一台电话。不过，几摞材料直接放在天蓝色地毯上。

"您有文凭吗？"贝雅尔迪又问道。

"没有。"

"他刚刚服完兵役。"布罗西埃说道。

"不管怎样，文凭……"

贝雅尔迪反手扫了一下写字台，他坐在那儿，五官端正，面貌刚毅，褐发鬈曲，身板笔直，穿一件浅色方格细呢上衣，这副派头真像一位名律师，"律师团男高音"的说法出现在路易的脑海。也许是因为他面前写字台的气派，尤其是因为他那深沉的声音。

"我可以交给他什么样的工作，你已经跟他讲了吗？"

"还没有。"

"是这样，工作并不复杂……是在一个车库守夜的差使……我用'守夜'的字眼……其实就是……秘书的……工作……要接电话……给顾客开门……"

"您觉得怎么样，路易？"布罗西埃问道。

"我同意。"

"那好，您可以尽早上班。"贝雅尔迪说。

这么说，他并不像外表给人的印象那样，是什么"律师团男高音"，而从他嘴里吐出"车库"一词，叫路易奇怪，就像听见不和谐音似的。现在，他极力想象此人是车库经理。

"您开始……每月先拿一千五百法郎。"贝雅尔迪说。

"您看行吗，路易？"

"行啊。"

"当然了，还有奖金。"贝雅尔迪补上一句。

他起身，带他们到客厅另一端，布罗西埃抓住路易的胳膊，俯耳对他说：

"瞧见他那写字台了吧，路易？是地道路易十五朝式样的……瞧那青铜线脚……包脚，在那下面……还有那叶板……"

他们坐到另一张淡蓝色天鹅绒长沙发上。开胃酒托盘放在一张矮桌中央；这张黑漆桌腿短而弯曲，大概是中国式样。

"威士忌？波尔多葡萄酒？"

贝雅尔迪递给他们酒杯。路易环视周围：左首书橱占了一面墙，格上摆的书都是合订本，书脊闪着红光，大多数有封套，对面大理石壁炉的上方，挂着一个银镜框，里面装着一位漂亮的褐发年轻女子的照片。贝雅尔迪的妻子？这人真的是经营车库的吗？路易不敢问他。

他从落地窗望出去，看见塞纳河对岸的码头和雪铁龙汽车厂的白色厂房。一台吊车吊起大石块。贝雅尔迪这套房间如此豪华，为什么在灰沉沉的天日中，面对工厂、码头和仓库的景象呢？不对，贝雅尔迪生活在这里绝非偶然，客厅厚重的书籍和地毯，同简陋的小白房形成的鲜明对照，定然也寓于此人身上。

"您是姓芒兰吧？"贝雅尔迪问道。

"对。"

"您同从前的自行车运动员芒兰，有亲戚关系吧？……就是跟塔巴兰音乐厅舞女结婚的那个。"

路易迟疑了一下。

"对……我们是亲戚……"

路易产生好奇心，要看看他母亲做过事的地方，可是他按照塔巴兰的地址找去，到了维克托-马赛街那个门牌号，却发现门面砌死了。原来的音乐厅大概改成舞厅或车库了。那天傍晚去寻父亲遗迹，他头一回沿格雷奈尔环城大道往南，想观赏冬季自行车赛场，也是这种遭遇。

这样看来，作为他父母生活重心的两个地点，已不复存在了。一种惶恐的情绪把他钉在原地。一扇扇墙壁慢慢坍倒在他父母身上，墙壁不断坍塌，掀起的大团尘埃呛得他透不过气来。

这天夜晚，他梦见巴黎成了一个大深坑，仅有两处亮光：冬季自行车赛场和塔巴兰音乐厅。两只惊慌的蛾子围着两处亮光飞舞片刻，就跌入了坑中。它们在坑底渐渐形成一个厚层，路易走在上面，一直陷到膝盖。不久，他本身也变成飞蛾，同其他飞蛾一起被吸进洞里。

中午，孩子们在院子里玩耍。他在半睡半醒的状态中听见他们的喧闹声。奥迪儿这时候往往已经走了，她去张罗唱片的事。他到对面尚普雷大饭店吃早饭，奥迪儿来找他。过一会儿，他陪她去赴约会。她按照拜吕纳的建议，先去戈蒙大酒店后面的唱片公司，拜见道维纳或沃尔索恩。沃尔索恩接见了她。

他一直把"软唱片"听完，口气十分温和地说，他们不发行这类唱片，但他可以给她开一个名单，有经理人、酒吧间经理、电台的人，或者其他对这"计划"可能感兴趣的唱片公司。他就当她面开列名单，不时查查通讯簿，以便核实一个地址或一个电话号码。然后，他把名单折起来，装进一个信封里。

"喏……我的名片也给您一张……您就说是我介绍去的……"

他起身，一直把她送到办公室门口。他同她握手，激动地说：

"您跟乔治·拜吕纳很熟吧？"

"对。"

"真可惜……多棒的一个人……"

他伫立在她面前。

"我呢，是在维也纳认识他的……在洪水①之前……"

她不明白他这话的意思。洪水之前？

"我祝您顺利……"

他头探出门框，重复道：

"祝您顺利……"

有时，他们两人坐在候客室里等人接见。见面谈话时间一般不长，她手里拿着"软唱片"，垂头丧气地回到他身边。

在她去兜售自己的歌曲时，他就独自待在那里，翻阅像在牙科诊所里那样放在矮桌上的一摞摞杂志。新唱片和当日的畅销歌曲，都在杂志上编了目录，列出所有这些人的姓名，但是到下一季度，他们当中大多数人就将销声匿迹。忙忙碌碌的人们打开门，里面便传出一阵阵音乐。

一天晚上，他站在一条走廊中间，等待奥迪儿给人家放完她的唱片，听见她的声音传到耳畔，但由于打字机的嗒嗒声、谈话的嗡嗡响，以及电话的铃声，她的声音显得

---

① 指纳粹党在奥地利上台。

压抑窒息，于是他思忖，这一系列奔波是否有用。

他们坐在宽大的门厅里已经好长时间，从门缝可以望见有几间办公室空无一人：工作人员把里面弄得乌烟瘴气，大概刚刚离去。他们对面墙上的挂钟时针指向八点。

"我到外面等你，"路易对她说，"我就到对面那家咖啡馆去。"

八点十分。挂钟的钢壳和玻璃盖耀眼，然而，她不能把目光移开。门厅里一片沉寂，连荧光灯细微的哗哗剥剥声都听得见。她起身走到一扇窗前。天黑了，下面大军林荫路车水马龙，但双层玻璃窗隔住了发动机的声响。街道对面有家咖啡馆，路易就是约她到那儿见面。难道她还有勇气去见他吗？外面下着雨。

"维埃蒂先生正等您。"

走廊两面墙雪白，跟候客室一样，荧光灯光线强烈。秘书引她穿过走廊，打开一扇包了皮革的房门，闪身让她进去。

两个男人，坐在弧形木制写字台的两边。其中一个站起来，他红铜色脸膛，穿一件带光纹的麂皮外套，举步朝门走去。奥迪儿认出他来，胆怯地向他点头打招呼。那人向她报以微笑……

"再见，弗兰克。"依然坐在写字台后面的那人说。

"再见……"

等他走出房间，主人示意奥迪儿靠近。

"您好……"

"您好。"奥迪儿有点激动地答道。

"对……他正是弗兰克·阿拉莫，"他说道，仿佛预先回答一个问题，"我非常喜爱他的歌……尤其是《喂，小姐》……"

此人褐色头发，还算年轻，跟弗兰克·阿拉莫一样，也是红铜脸膛，而且长相有几分类似，他穿一套海军蓝条纹西装，领带别针甚至还没有取下。写字台垫了块玻璃板，上面堆了不少材料，摆了两部电话。

"是沃尔索恩打发您来的吗？"

他柔声细语，令她吃惊。像他这样端坐在办公桌后面的人，讲话一般总是非常倨傲武断。

"您要让我听听您的歌曲？好吧，我非常高兴，这就听一听……"

他几乎是喁喁私语。她从提包里掏出一张软唱片。

"您已经录制出来啦？"

"对。有个人……乔治……乔治·拜吕纳给我录的音……"

"拜吕纳？……就是那个……"

电话铃声打断他的话。

"不接……谁的电话您也不要接过来……"

他挂上话筒。

"拜吕纳这件事，的确很悲惨。我的印象他在这里干了一段时间。您同他很熟吧？"

"对。"

他拿起软唱片，放到写字台旁边的电唱机上，然后拉她走向一个灰色长沙发。

"我们在这儿听……效果更好……"

他去锁上包了皮革的房门，再回头在她身边坐下。

这张唱片播放的次数太多，她觉得越来越糟糕，她的声音都几乎听不清了。况且，拜吕纳向她交代过，软唱片经常在电唱机上播放，很快就会磨损，生活也如此，他还补充这么一句。

她害怕唱片放完的时刻。那她就该像往常一样，起身告辞了。她感到自己也已磨损。这间办公室灰色地毯、浅色壁板、薄纱窗帘、蓝色灯罩，整个色彩很柔和，她任凭这里的静谧和舒适感渐渐侵入肌体。

"您的歌曲，非常好……非常好……当然，立即制作唱片，还有点困难……"

他抬手搭到她肩上，她没有动弹。纤细的手指，指甲肯定精心修过。

"其实，您可以在酒吧间里唱……然后再看情况……这事明天我来办……我应下了……明天就办……"

他解她的上身纽扣，她一点也不反抗。现在，她趴在沙发上，他把她的裙子和三角裤脱下来，抚摩她的臀部。她想起他这精心修过的手指，不禁感到厌恶。她下颏儿抵在沙发边缘，直视前面。街上的灯光透过薄纱窗帘，变得朦胧，家具和物品的轮廓也模糊了，外面仍下着雨。待在这儿，至少不挨雨淋。只要不动，按照她喜欢的拜吕纳的一种说法，只要融于环境中。

如果这人能帮助她……他身上散发香水味，而且这气味一直留在她的记忆中；她每每想起这个时期，就又闻到这气味，并忆起在各家唱片公司的等待、乘车高峰时的地铁、圣拉扎尔车站大厅、冷雨和她房间的暖气——因调节阀碰坏而过热的暖气。

车库所在的这条街两侧树木成行，在路易面前展开，宛如通向一座古堡或一片森林边缘的林荫路。据贝雅尔迪讲，一般人不知道这条街是属于十七区，还是属讷伊或勒瓦卢瓦区，而他，贝雅尔迪，恰恰喜爱这种模糊性。

路易同奥迪儿在维利埃门一家餐馆吃晚饭。门前招牌是"马尔提尼餐馆"，里面镶瓷砖的墙壁上，闪烁着棕榈树、沙滩和碧蓝大海的风光。将近九点钟，他就去上班了。

　　这的确不是个修车厂，而是个车库；它的侧面耸立一幢赭石色的建筑物，一层房间有一扇铁门通车库。一条混凝土构造的楼梯通向二楼房间。这个房间狭长，靠墙摆了几个玻璃柜，装有档案材料，居中赫然一个大写字台。路易翻了抽屉，看到大部分是空的，但发现几张信纸和一张旧名片。信纸顶头印有"巴黎汽车运输公司，德莱兹芒街9号乙"的字样；旧名片上则印有姓名地址：罗朗·德·贝雅尔迪，巴黎第十六区阿尔芳林荫路3号，电话克雷　08-63。室内还有两张皮椅、一张长沙发。写字台上摆了一台电话，是圆底盘黑色老式电话机。

　　他干什么性质的工作呢？每次听见铃声就去开车库的门。滑动拉门很容易开，因此并不费力。时而开进一辆车，时而开出一辆车。有些夜晚，干脆无人来。但也有几次，出出进进频繁。总是那几张面孔：一个留胡子的褐发男人、两个金发男子（其中一个鬈发、娃娃脸）、一个戴金丝边眼镜并比其他人年长的平头男人。还有几个主顾，路易没有留意。在他们进出之后，他再关上库房门。他在办公室里有时接电话。夜间打来的电话，听似男人声音，告诉他何日何时用哪辆车，路易则记录在记事本上，交给贝雅尔迪看。

开头，他困惑不解，便向贝雅尔迪提了几个问题。贝雅尔迪解释说，这是"豪华车"出租场，他因另有"公务"，无暇顾及。路易注意到有大型美国小轿车，又定时添进各种型号的梅赛德斯牌轿车，刚停进车库里，又有别人来取。

不过，见多不怪，最后心中也就不产生疑问了。这是值夜班的工作，要一直守到早晨。贝雅尔迪指给他看过，一个玻璃柜里摆着红皮革封面的大部头合订本，那是收藏的一种体育杂志。路易翻阅时，发现他父亲参加自行车六天拉力赛或速度赛的照片。贝雅尔迪允许他把照片剪下来。于是，路易买了一本集邮册，以便贴上这些纪念物，并按时间顺序贴上提到他父亲的任何小文章，乃至有他父亲名字的运动员名单。

奥迪儿同他在长沙发上过夜，有时电话铃响，他们干脆不接。她给路易带来点食品：三明治或巧克力块。二人筹划未来的生活。如果她终于录制了唱片或者受雇于一家酒吧间，那么，他就不用在这里干了。但是眼下，他这守夜的薪水是他们唯一的生活来源。

路易独自一人的时候，就剪照片和文章，贴在集邮册上，并用红圆珠笔注明日期。他不翻阅他父母因车祸丧生那年的报纸，但要立即查询在他出生那周出版的一期。那天晚上，在"冬赛场"，在一声嘶哑的汽车喇叭声之后，广播员宣布，一个叫芒兰的运动员刚刚得了一子，并决定给新生儿一笔三万法郎的补助金。

给她唱歌的时间很短，前边的节目是高加索人打飞刀，在她后面则是一个江湖艺人学各种鸟鸣。头一天晚上，那个精修指甲的男人维埃蒂也去了。他曾向欧特伊区的这家餐厅咖啡馆的经理谈过她。到了凌晨一点钟，他又把她带回尚普雷门，对她说不久就给她灌制一张唱片，但是她还应当稍微"亮亮相"。

她上台穿一条肥大的缎裙，戴一顶镶饰煤玉的大圆帽，这行头是经理处借给她的。

布罗西埃一定向贝雅尔迪谈过奥迪儿，因为一天早上在车库，贝雅尔迪向路易问起他的"未婚妻"。他听说奥迪儿在一家酒吧间唱歌，表示很感兴趣，决定非去听听不可。他为他自己、布罗西埃和路易包了一张三人餐桌。

贝雅尔迪从前熟悉这家餐馆。据他讲，里面的环境并无变化。还是原样的深色丝绒幔帐，每面墙壁上还是挂着十八世纪风格的绘画：肖像画和风雅场面。

"有一天晚上，你带我、埃莱娜和你母亲来过这里……"布罗西埃对他说。

"是吗？我们光顾这家夜总会，恐怕还是住在阿尔芳林荫路的那个时期……"

"不对……是同埃莱娜和你母亲……那时候，我的年龄比您大不了多少，路易……"

路易无心听他们谈话，他在焦急不安地等待奥迪儿上台。在这之前，她一直不让他来，怕见到他会怯场。然而，路易向她解释，这天晚上他别无选择，只能陪他称作"老板"的人。

"不是原来的顾客了。"贝雅尔迪冷冷地朝四周扫了一眼，说道。

他查看菜单。酸奶酪和鱼子酱薄饼。火锅。先点些小馅饼。他既不征求布罗西埃也不征求路易的意见。他那油黑的鬈发、高高的额头、挺直的身子，显示出一种平静的威严。

"不对……根本不是原先的顾客了……"

离他们最近的一张餐桌，坐着印度尼西亚人，他们用餐之前，都客气地摇晃着脑袋。

"您的未婚妻在这家夜总会里，至少报酬不错吧？"

贝雅尔迪问道。

"我想是吧。"

路易一口也吃不下，神经质地干了一杯香槟酒。

"好啦……总得吃点儿东西。"贝雅尔迪说着，给他一张鱼子酱薄饼。

"路易为他未婚妻担心呢。"布罗西埃说道。

"喂，喂……我相信她一定很动人……"

高加索的舞蹈演员在跳动的音乐声中谢幕，灯光暗下来。舞台中间只剩下淡蓝色光束。肃静。小提琴声起。她出现在淡蓝色光束中，由于大圆帽和肥大的缎裙，身子显得有点僵直。

"您的未婚妻吗？"贝雅尔迪问道。

"对，对……"

她开始唱了。这首歌他背得出来，但他怕奥迪儿忘记一句歌词或者突然中断，他指甲抠进手心里，合上了双眼。然而，歌声很纯，奥迪儿并未显得怯场，而她板直的身段反倒具有魅力，尤其她最后唱一支老的流行歌曲《马路之歌》的时候：

> 这里面大谈忧伤
> 失意爱情和梦想，

还大谈似水流年

给你留下的遗憾……

她微微躬身谢幕。印度尼西亚人软绵绵的掌声，被贝雅尔迪"好！好！"的喝彩声盖了下去。布罗西埃挥动手臂，招呼奥迪儿过来入座。她坐到路易身边。

"我向你介绍德·贝雅尔迪先生，"路易对她说，"你已经认识了让-克洛德·布罗西埃……"

贝雅尔迪耸了耸肩膀。

"就叫我罗朗吧……"

他俯下身吻了奥迪儿的手，也闹不清他这举动是否有嘲讽意味。

"当年我非常喜爱……尤其是《马路之歌》……"

演口技的人上台，他发出各种各样的哨声、颤音、咕咕声，引起印度尼西亚人哈哈大笑。他们一直无动于衷，此刻再也控制不住，狂笑不止。这种情绪也传给了布罗西埃。

"请原谅……"

"当年我非常喜爱，"贝雅尔迪重复道，"我相信您从事这行业一定能出名……"

"我也一样……我也一样。"布罗西埃笑出了眼泪，说道。

哨声越来越尖厉发狂。路易也笑起来。奥迪儿也不例外，但笑得有些神经质。这时，口技演员的声调回落，就仿佛迎面中了一弹，最后躺在地上，双臂展开成十字，不断发出哀鸣。继而，他鱼跃而起，闪身退场。

"您应当喝点香槟酒，"贝雅尔迪向奥迪儿提议，"然后再给我们唱一遍《马路之歌》……"

她喝了路易杯中的酒。贝雅尔迪又要了一瓶。

"您要在这家夜总会干很久吗？"

"不，不会太久。"奥迪儿胆怯地回答。

"她要灌制一张唱片，"路易说，"她在这儿是亮亮她的歌曲。"

奥迪儿以询问的目光瞥了他一眼。跟布罗西埃和贝雅尔迪还要待到什么时候？路易冲她眨眨眼。她粲然一笑。

"原先我认识这家夜总会的老板，不过，恐怕换人了，"贝雅尔迪说，"你知道，让-克洛德……那人总穿短马裤……"

"现在这位不穿短马裤。"奥迪儿说道。

路易又给奥迪儿倒了一杯香槟酒，仿佛他知道她没吃晚饭似的：

"你应当吃点东西……一定饿了。"

"当然喽，您要吃点薄馅饼……"

他叫来司厨长。

"我们先为您的健康干杯吧。"布罗西埃对奥迪儿说道。

"为一位才华出众的歌星的健康干杯。"贝雅尔迪说。

他们两人举起杯。奥迪儿五分好奇、五分开心地注视他们，就好像有一次她在动物园观赏两只异国动物的嬉戏。她用脚踢了一下路易。

"真的，让-克洛德，现在我想起来了，"贝雅尔迪突然说道，"我们是同埃莱娜和妈妈来过这里……"

将近凌晨两点钟，贝雅尔迪邀请他们去家里最后喝一杯。他叫来一辆出租汽车。路上，奥迪儿额头倚着路易的肩膀睡着了。

这是路易头一次被接见的客厅，贝雅尔迪打开所有灯，吊灯光线太强烈，晃得他们睁不开眼睛。贝雅尔迪给他们推来一小车开胃酒。路易和奥迪儿婉言谢绝，不肯沾一点烈性酒。布罗西埃和贝雅尔迪则喝了一点查尔特勒甜酒。

"味道果然醇美，"布罗西埃喝了一口，赞道，"立刻感到精神倍增……您也应当尝尝，路易……"

“一位真正的诗人，嗯？”贝雅尔迪转身对路易和奥迪儿说，“看你们两人的神情很疲倦了……你们就睡在这里吧……我有间客房……别客气……别客气……这样我才高兴……今天是假日嘛……”

他站起来。

“走吧……我带你们去……我们呢，趁这会儿再干点事……我已经把材料带来了……”

“好吧，罗朗。”布罗西埃答道。

他们目光敏锐，精神饱满，就好像刚美美地睡了一夜，这真叫路易惊奇。

客房就在客厅隔壁。淡蓝色墙壁、厚厚的地毯、毛皮床罩、床头灯的朦胧光，整个房间气氛柔和，催人进入梦乡。

“浴室……”

贝雅尔迪打开一扇门，开了灯，只见浴室里地面和墙壁都镶了蓝色瓷砖。

“晚安……亲爱的路易，希望这一夜你们睡个好觉……明天一点钟，准时到‘普万泰尔’见面……”

“普万泰尔”是车场附近一家餐厅的名称，贝雅尔迪经常去吃午饭。

等他离开房间，他们就躺倒在毛皮床罩上，由于奥迪儿乏得无力脱衣裳，路易就替她脱下鞋和衣裙。他们对面有一面立脚大镜子，映出他们的形象。

"你的朋友们还要工作吗？"奥迪儿问道。

"对。"

"干什么？"

"我也不太清楚。"路易答道。

他们俩听见布罗西埃和贝雅尔迪在客厅里谈话。后来，路易醒来，听见他们还在交谈。还有别人的声音参加进去，他任凭神思在不间断的絮语声中飘荡。

奥迪儿还在沉睡。窗帘没有拉上，他从窗口望见塞纳河，望见对岸码头上的雪铁龙汽车厂的白色厂房。

星期六和星期天，贝雅尔迪让路易休息。布罗西埃这两天也放假，他向路易提出一起度过他们"放松的时刻"。他要把未婚妻介绍给他和奥迪儿。路易成了布罗西埃的知心朋友，自然听他谈了促使贝雅尔迪雇用他的原因，了解这个罗朗·德·贝雅尔迪究竟是何许人。

路易昨天领了薪水，他说服了奥迪儿陪他去。她本应十点钟之前到欧特伊区的那家餐厅酒吧间；她和路易都不明白，布罗西埃为什么约他们晌午一过，在大学城地铁站见面。

一千五百法郎，在路易的外衣兜里鼓鼓囊囊的，奥迪儿在晚会后也收到了报酬。他们有钱了，今天又是入冬以来头一个好天儿，阳光明媚。在索镇线路的火车上，他们真有动身旅行之感。

布罗西埃在大学城车站站台等候他们，就好像他们来到度假之地，朋友前来接站。况且，他迎上前来，还对他们说："你们没有行李吗？"那口气令路易困惑不解，一时弄不清他们仍在巴黎，还是到了海滨。

布罗西埃的一套装束也令他惊诧。棕红羽翎的蒂罗尔式帽子不见了，灰不溜秋皱皱巴巴的那套推销员的衣裳，那双黑鞋黑袜子，统统无影无踪。全不见了。只见印花衬衣上套一件白羊毛衫，下身穿一条劳动布裤，脚下蹬一双篮球鞋，真是配成一套，布罗西埃显得非常得意。他没有刮胡子，也没有戴帽子。奥迪儿和路易很欣赏这个面貌一新的人。他拉他们走向车站楼梯。

"走这边，朋友们……"

他们由布罗西埃引路，穿过林荫大道，走进了大学城。

"这就是我度周末的地方，"布罗西埃笑呵呵地说，"来……请走这边……"

他们拐进左首草坪中间的一条路，跨进一幢大楼门，沿走廊往里走，碰见几群大学生。

"我的未婚妻在咖啡厅等我们呢……走这里……"

晌午刚过不久，这时间咖啡厅无人。一位五官端正的埃塞俄比亚黑美人，坐在紧里边的一张餐桌旁，布罗西埃朝她走去。

"我向你们介绍雅克琳，我的未婚妻……奥迪儿……路易……雅克琳·布瓦万……"

她站起身，同他们握手。她看样子二十来岁，有点腼腆，穿一条灰色褶裙、淡灰褐色羊毛衫套羊毛外衣。这种一丝不苟的装束，同布罗西埃的运动装形成鲜明的对照。布罗西埃请他们入座。

"我建议你们尝尝三明治，这里做的味道很美……对吧，雅克琳？"

她点了点头，但这动作几乎难以觉察。

布罗西埃走向柜台，路易和奥迪儿只是冲他的未婚妻微笑，不敢跟她说话，路易递给她一盒烟，她也微微摇头谢绝了。布罗西埃回来，端了满满一盘三明治，分给大家。他吃了一大口，说道：

"非常香甜，对吗？也许你们要放点辣味调料，才觉得味道更美吧？我却喜欢不放……"

他大口大口咬着面包。

"这么说，每个周末您都是在这里度过的喽？"路易问道。

"对……雅克琳是大学生，住在大学宿舍……而我……"

他摸索外衣兜，掏出一张卡片，递给路易。

"喏……我让人印了一张学生证……在大学食堂吃饭，要用这个……这样也就感到这里像家里一样……"

路易瞧了瞧学生证，上面果真写着布罗西埃的名字，有他的照片，注明他在文学院所住宿舍。奥迪儿也接过去仔细看这证件。

"您就在这儿留宿吗？"她突然问道。

"每个周末。"

他很高兴透露了这一情况，胳臂搂住他未婚妻的双肩。

奥迪儿把学生证还给布罗西埃；他也端起来，十分小心地抚弄，尽管学生证有塑料皮。

"我觉得年轻了点儿……哦……年轻有十岁吧……"

"今年您要通过什么考试？"奥迪儿问道。

"要拿普通文学课证书……确切的说法是什么啦，雅克琳？"

"大学预科。"雅克琳声音低微地答道。

他搂得更紧，头偎在他未婚妻的肩上。

"这个学生证您是怎么弄到的？"路易问道。

"通过贝雅尔迪的一个关系……一个波兰人，在战争期间制作假证件……"

他讲这话很不情愿，就好像他揭示了一个瑕疵，遗憾自己不是真正的大学生。

"雅克琳呢，是学数学的，你们想一想……她在理学院上课……"

"您是在哪儿认识他的？"奥迪儿问雅克琳。

"就在这个咖啡厅……"

她回答的声音轻柔而缓慢。

"我见他在咖啡厅里总是独自一人……那神情很烦闷……于是我们交谈起来……"

"对……我光顾这里有很长一段时间了，"布罗西埃说，"尤其我心情忧郁的时候……我一直很喜欢大学城……这是个世外桃源……各个教学楼的大厅，都使我流连忘返……在电视厅里……要知道……这里有一种魅力……"

随着他讲下去，路易渐渐发现他另外一副面目。怎么能够想象得出，这个油嘴滑舌、爱插科打诨的人，这个他对奥迪儿称作"走私汽车轮胎"的人，居然兜里揣着一张假学生证，在空闲的时候，挎着一位埃塞俄比亚女郎的手臂，漫步在大学城的树荫下？

"贝雅尔迪了解吗？"路易问道。

"还不了解，不过，我打算告诉他……要知道，罗朗见到什么也不会大惊小怪……等哪天晚上，我们邀请他来……我应当把雅克琳介绍给他……"

他们离开咖啡厅。布罗西埃要带他们参观一下大学城，向他们列举各楼的名称，就像数说他的王国各省份。

"刚才我们在法国外省楼……最大的一座……不过，我最喜欢英国楼，就在我们前面……这座楼使我想起艾克斯莱班的一家酒店……认识雅克琳之前，我经常晚上来，在英国楼看看报……"

布罗西埃拉着雅克琳的手，在参观的过程中，他的话越来越多，向奥迪儿和路易介绍说，夏天，大家在大草坪上逗留很晚，夜间还能听见欢声笑语。六月份，大学城里举行联欢会。在法国外省楼大厅跳舞……

"你们会看到，一开春，这里生活特别快活……"

他指给他们看门面是玻璃和金属框构造的一幢楼。

"那是古巴楼……古巴人都是些出色的小伙子……他们给大学城带来快乐和活跃的气氛……请问，你们二人，不想当大学生吗？"

大学生。这个念头，无论路易还是奥迪儿，都没有产生过。他们怎么能成为大学生呢？

"你们要是愿意，我给你们搞学生证……"

"但愿您说话算数，好吗？"奥迪儿问道，"我可想当大学生……"

对她和路易来说，这三个字的音韵很神秘，他们觉得"大学生"这些人，跟亚马逊河流域的部落成员一样遥远，一样不可理解。

"这里只有大学生吗？"奥迪儿问道。

"对。"

一帮男女青年在草坪上分散开来，其中有几人临时打一场无网排球。他们相呼时所使用的语言，路易听不懂。

"那是南斯拉夫人。"布罗西埃解释说。

他指给他们看林荫大道旁的巴别尔大咖啡馆，说那是大学城的附属部分。是啊，六月份傍晚，在这里喝一杯，聆听树叶的窸窣声响该有多么惬意。继而，他们又到蒙苏里公园散步。

"那边草坪上的那座建筑，你们看见啦？"布罗西埃又说，"同突尼斯王宫一模一样……"

他们走到湖畔木屋，坐到露天座上。

"好啦……你们差不多了解了我们的整个王国……"

布罗西埃说道。

他向奥迪儿和路易透露，如果可能的话，他就要生活在这里，永远也不想走出这奇幻的区域。除了大学城和理学院，他的未婚妻雅克琳对巴黎一无所知。

这样更好。

"对不对，雅克琳？"

她一言不发，只是微笑，或者喝一口石榴果汁。

他们在大学食堂很早就吃了晚饭。布罗西埃看到食堂的规模和细木护壁板，便想起英国一座小城堡的会客厅。下一次，他们到另外一个食堂吃饭。那个食堂更具现代建筑特点，有大玻璃窗，四面树木环绕，给人感觉如同沉没在绿色海洋里。

"现在，带你们去我们宿舍。"布罗西埃说道。

他们沿一条沙砾小径，一直走到一座村庄，只见草坪沿线，草坛树丛中间，疏疏落落散布着平房式的小型建筑，宛似茅屋村舍。

"这是大学城最宜人的地方……"布罗西埃说道，"默尔特河流域德意志区……"

他们来到一幢小房门前。这幢小房是盎格鲁-诺曼底风格，棱面房顶，侧面有一座绿色木扶手楼梯。布罗西埃闪身让他们先上。

"在上面……"

房间很大，还有一个阳台。靠床的墙上贴上几张雅克琳的照片。除了一张藤椅，别无家具。

"请坐到床上。"布罗西埃说道。

雅克琳躲进隔壁的盥洗室一会儿，出来时便换上了一件红色浴衣。

"请原谅，我这样觉得舒服些……"她说道。

她步履轻盈，走过来同他们坐到床上。

布罗西埃分给他们平底杯，给每人斟了一点威士忌。雅克琳往电唱机上放了一张唱片。是一首牙买加歌曲。大家都不讲话。布罗西埃又给他们斟了威士忌。他已经脱下羊毛衫，路易欣赏他衬衣上的图案：玫瑰色的天空衬出一幅船帆，天际陡峭的山巅耸立一座中国宝塔。

"等一会儿，奥迪儿会给我们唱《马路之歌》。"布罗西埃说道。

"如果您想听……"

奥迪儿、雅克琳和布罗西埃所明显感到的缠绵之情，也渐渐感染了路易。奥迪儿搂住他的腰，下颏儿放在他的肩窝里，闭着眼睛听音乐。布罗西埃抚摩着雅克琳的肩膀，她则半卧着，浴衣敞口露出乳房。

可惜不能耽于这种舒适缱绻中。十点钟了，奥迪儿要上班，太晚了。

他们恋恋不舍地离开房间。大家说好，下次还在大学城一起过周末。明天是星期日，奥迪儿和路易干吗不来呢？

他们走到外面，抬头看见雅克琳和布罗西埃俯在阳台上，正冲他们微笑。周围一片寂静。空气中一股青苔气味。他们借着其他楼房的灯光辨认道路。怎么走才能回到儒尔当林荫大道和车站呢？在这村庄的腹心，巴黎市区显得十分遥远……昏暗中，路易真敢说他们正穿过一片密林空地。

奥迪儿在自己的小包厢卸妆时，维埃蒂由餐厅经理陪同前来，坐到大厅的长沙发上等她。大厅四周全是小包厢。

"是这样……你的雇佣期要结束了。"维埃蒂说道。

"什么时候？"

"就今天晚上。"

她勉强冲他们微微一笑。

"是的……这话不假，"餐厅经理也说，"我不得不同您分手……"

奥迪儿的笑容收敛。

"我并不想指责什么……不过，我必须缩短节目……"

"这并不严重。"维埃蒂说道。

"是没有什么……我相信您很快会找到新的事儿干……"

看样子，他们两个谁也不大相信。

"总之，"餐厅经理又说，"您干得很出色……我完全满意……只不过，我不得不改变节目的编排……您明白吗？"

她感到眼泪要涌上来，便急忙走进她的化妆室，关上门。他们两人继续谈话。她没有开灯，额头顶在门上。门外经理轻声笑，她在屋里待着。

"哦，你干什么呢？"维埃蒂问道。

"我们一起喝点酒，您不愿意吗？"餐厅经理提议。

她不应声。有人拧门把手要开门，但她已经拉上了门闩。

"给您……我还要给您这个……您报酬的余款……"

一个声响：门缝里塞进了一只信封。

维埃蒂在发动车之前，打开了收音机，正播放一支爵士音乐，他拧低音量。

"怎么，你刚才关在化妆室里，想待个通宵吗？……

白痴……"

他耸了耸肩膀。

"我要去办公室一趟……落了点儿东西……你陪我
去吗?"

她不应声,手插在兜里,手指间紧紧夹着信封,但
在维埃蒂面前不敢打开看。她再也不唱歌了,她这场梦做
了很久,到醒来只有塞进来的一只信封,如餐厅经理所说
的,"您报酬的余款"。

"还赌气呢?"

他的声调有点恼火,紧踩油门;现在将近凌晨一点
钟,车速越来越快,沿苏舍林荫大道驰入拉纳林荫大道,
街头空荡无人。

"你还不放心,嗯?"

如果愿意,他还可以加快速度,她根本不在乎。

"您干脆闯红灯吧……"

"说什么蠢话……"

车风驰电掣般冲进马约门的隧道里。对这辆意大利牌
子的赛车,他惊叹不已。有一天晚上,他甚至还对她说,
巴黎全城,只有四个人拥有阿勒马诺亲手配车身的这种
赛车。

她闻着他身上的香水味,比往常还感到恶心,但这也

毫无关系；反之，观察这个令她讨厌的人的一举一动，她倒觉得有几分开心。尽管他进行冬季运动回来，但古铜色的脸膛却不自然，衣着服饰极为讲究：领带别针、背心，以及他不时瞧一眼的背心上的挂表。他的声音混浊而沙哑。

"怎么，还继续赌气？要知道，我可不喜爱赌气的姑娘……"

往常，他对她并不这么亲热，他要给她灌制唱片的事，只字不提了。现在她才知道，他从来也不相信能灌制唱片。他拧大收音机的音量，点头打着节拍。

"我需要钱。"她猛然说道。

"需要钱？开玩笑吗？"

"我需要两千法郎……希望您能给我……"

说得这么坦然，连她自己都不免吃惊，但是突然间，就好像她不再怕任何人了，就好像她的胆怯和顾虑全已冰消瓦解，她什么都干得出来。

"我的确需要这两千法郎……立刻……"

"看情况吧……首先，在我面前要非常乖……"

她跟在维埃蒂身后，荧光灯眩目，如同第一次她和路易坐在椅子上等待时那样。空气中飘浮着同样的不通风的气味。

维埃蒂用钥匙打开钉了皮革的门，坐到写字台后面。她躲到窗口。林荫路空荡无人，对面的大咖啡馆还灯火通红，那次路易就是在那里等她。她观赏霓虹灯招牌："体育咖啡馆"。她很想出去，到咖啡馆给路易打电话，说她马上就去找他。

"现在，你应当挣这份钱了……两千法郎，数目不小……你必须出点力……"

他在查一份材料，没有抬眼看她。继而，他从一个袋里抽出一张唱片。

"喏，这是个有才华的姑娘……是我最新的发现……你要听听吗？"

他把唱片放到电唱机上。

"站在我面前……脱光身子……"

他讲这话的声调甜蜜蜜的，脸上挂着凝固的微笑，宛如要照相的人。

"她有才华吧，嗯？你希望能唱成这样吗？我要安排她明年上欧洲电视联播节目……"

一个少女的调皮声音，受到电吉他声响的压抑。

"这个也一样，早晚有一天我要亲亲她。"维埃蒂沉思着说道。

她蜷缩在大沙发上。他用手抚摩奥迪儿，从颈项一直到与他身子齐平的她的脸蛋。继而，她最难忍受的，就是感到他精心修过的手指摩挲她的头发。

体育咖啡馆的灯光熄灭了。她走上右边的古维翁-圣西尔林荫大道。维埃蒂给她的两千法郎的一沓钞票，揣在她风衣的一个兜里。他给她钱时，带着嘲弄的神情说，"作为粉头儿，她要价很高"，不过，他并不觉得有什么不好，因为"他，克里斯蒂安·维埃蒂，回想起来，还是一直喜爱要价高的粉头儿"。

她穿过特尔纳林荫路，朝南部走去；拜吕纳就在这一带自杀的。她猛然强烈感到，他的去世给她周围留下一片空虚。对这一切，拜吕纳会怎么看呢？他也不大相信她唱歌有什么前途，到最后阶段，他一定有其他考虑。不过，她又回想起午后去他办公室拜访的情景，回想起给人置身邮船甲板上感觉的那楼上平台。正是拜吕纳教会她唱《马路之歌》，这是一首始自他移居法国那个时期的歌曲。他对她始终和蔼可亲。在录音带空转的时候，他那张俯在录音机上的脸。还有他要拉她离开办公室时，柔声细语讲的那句话：

"我们下去走走好吗，奥迪儿？"

路易呢？他要是了解刚才发生的事情，会有什么想法呢？这事永远也不能告诉他。她必须想法弄钱。贝雅尔迪每月付的一千五百法郎不够用，他们二人摆脱困境的唯一途径，就是挣到钱。

这个夜晚，她赚的一笔钱高于路易的月薪，她后悔没有向那个精修过指甲的混蛋多要一点儿。她耳畔又响起餐厅经理宣布解雇她之后的笑声。对他也一样，她本来应当向他要钱。

梦想粉碎了。她不再唱歌了。她想让人听见她的歌喉，然而没有成功，她不像她读过传记的一位女歌星那样，声音没有从迷雾和喧嚣声中脱颖而出。她缺乏勇气。

她走到德莱兹芒街，到头就是那个停车场。她离开了巴黎市区，沿着城郊一条路走去。

她没有按铃，而是从一个角门进去的。二楼亮着灯，路易正躺在大沙发上睡觉。地上撂着他贴父亲照片的集邮册、一卷体育杂志合订本。集邮册翻开那页的上方，他贴了一篇文章，她下意识地读道：

> 在追逐赛中，一个叫热拉尔丹的起跑特别精明，但是到 3.625 公里处，芒兰终于追上他而领先……

她熄了灯，偎在路易身边。

后来，两人谈起往事时——他们难得有机会谈论过去，尤其是生了孩子之后——他们非常惊奇他们生活中最关键的时期，前后仅仅持续七个月。对，正是这么长时间：路易十二月份退役，奥迪儿和他是一月初邂逅相遇的……

二月份，布罗西埃给他们找到一个新住宅。有一天，他到尚普雷门来找路易，十分惊奇地发现房间十分狭小，大暖气片散发的热量又让人受不了。

"您不能住在这儿，老弟……为什么从来没向我提起呢？"

他恰巧知道有个"两居室"，原本他自己要租，但觉得那儿离大学城太远，又改变了主意。那住房位于刚进入科兰库尔街的地方，在雄踞蒙马特尔公墓的大铁桥另一侧。房租吗？非常便宜，房租。他可以跟贝雅尔迪谈谈。贝雅尔迪不会忍心让他和奥迪儿住在高温的小阁楼里。

下个月，他们搬至科兰库尔街，觉得这套房间十分宽敞。大房间原先是画室，艺术家仅仅在一角留下点残迹：一个叶片硕大的电风扇和一个半圆形的酒吧间柜台。柜台的黑漆半剥落，绘有中国风格的图案，就像布罗西埃在大学城爱穿的衬衣那样。站在玻璃窗前，可以望见巴黎西南城区。

贝雅尔迪赠送给他们一张床铺和一张石榴红色布面扶手椅，布罗西埃赠送给他们两张藤椅和一盏灯。甚至还有电话。厨房设备齐全。门房要把他们登记在大楼房客的名单上，询问他们的姓名，他们便说：芒兰先生与太太，心想一对年轻夫妇这样的房客更令人放心。

一天晚上，如布罗西埃夸张的说法，他们设宴庆贺乔迁之喜。布罗西埃解释说，可惜他的未婚妻雅克琳·布瓦万未能前来：从大学城看，科兰库尔街简直就在天涯海角。必须过塞纳河，而这条河流正是两座毫无共通之处的城市的分界线。

贝雅尔迪前来祝贺。路易注意到他上衣翻领有黄绿色绶带。

"您得过奖章？"路易问道。

"军功章，"贝雅尔迪回答，"是随拉特尔①在德国得的。当时我二十三岁。这是我这辈子干的唯一的好事。"

他垂下眼睛。别人感到他要换个话题。

他们在工作间喝开胃酒，然后到附近约瑟夫-德-梅斯特街上的茹斯丹餐馆吃晚饭。

路易不再上夜班了。从那以后，贝雅尔迪交给他一些"小差使"白天去完成。平时，他就待在停车场，接待客人并接电话。"小差使"就是到巴黎市内和郊区的不同地址，送信或者取信，因为贝雅尔迪曾向他解释信不过邮局。路易经常给他当司机，驾驶一辆有皮革味的英国造老式轿车，送他去赴约会。他的工资翻了一番，但老板丝毫未作说明为何增加工资。

他隐隐感到不安。他的"工作"，能给个什么确切名称呢？他的"社会职业"是什么呢？再说，贝雅尔迪的"社会职业"呢？为什么此人这么快就把心腹的岗位交给他呢？

这种种疑虑，路易极少向奥迪儿提起。他在中学和军队里过了几年孤独生活，养成了不向任何人交心、忧虑

① 拉特尔·德·马西尼（1889—1952），法国将领，第二次世界大战中参加抗德运动。1945年在柏林代表法国参加德国投降仪式。他于1952年死后被追认为元帅。

藏在心里的习惯。在她面前，他反而极力摆出一副安然的神态，让她相信他的工作很稳定。贝雅尔迪从前认识他父亲，他那副保护人的姿态就说明问题。这话也是半真半假：贝雅尔迪毕竟明确对他讲过，他年轻时是自行车运动迷，现在能给自行车赛手芒兰的儿子找一份工作，他感到十分欣慰。

不行，在奥迪儿面前，不能流露半点不安的情绪。否则，他们生活的不稳定的平衡就可能遭到破坏。归根结底，他们不再囚在一间小阁楼里，而是搬进科兰库尔街的一套房间。而且，贴在门房玻璃窗上的本楼房客名单，赫然有"芒兰先生与太太"的字样。这在二十岁的人，就已经不错了。

不过，他还是忍不住向布罗西埃提了几个问题。他们坐在"梦幻"的一张长椅上。"梦幻"是科兰库尔街的一家咖啡馆，路易因这名称而爱光顾。"五点钟在'梦幻'中见面……"他和奥迪儿这样讲，觉得很好玩。

"如果我听明白了的话，您信不过罗朗吧？"

"绝不是……"

"罗朗是个好人，老弟……不是人人在二十三岁都能荣获军功章……"

"我知道。"

"您的工作极为平常，这样讲不是要贬低您，就像交易所中递送买卖委托书的小职员，或者酒店拉客员……工作中毫无新奇特色，嗯？"

他轻轻拍了一下路易的肩膀。

"我是开玩笑……您干点儿罗朗的秘书工作……况且我也如此……您觉得这丢脸吗？"

"不……可是，罗朗他……究竟干什么？"

"罗朗是个经纪人，在汽车行业和别的行业赢利。"布罗西埃缓缓地说，仿佛是在背诵一篇课文。

"您是怎么认识他的？"

"改日有时间，我再向您解释……"

他们起身，来到街上。大群孩子从一所学校蜂拥而出，不管不顾地撞到他们俩身上。有一个孩子穿了旱冰鞋，其他人就在后面追逐。

"我明白您心里不安……"布罗西埃说道。他的声音沙哑急促，每谈起忧心之事，他总是这种声调。

再也不是那个声音浑浊的布罗西埃。路易心想，这现象真奇特，一个人居然有两种声音……

他说了什么呢？说在路易这种年龄，一般人往往随遇而安，干些不大确定的活儿。混几年之后，事情就明朗了，不过在二十岁，初出茅庐，还是个粗坯。这是生活的开端，老弟。他本人……等哪天，他会全讲给他听的。

　　路易上班的时候，奥迪儿尽量找点事干。她在欧特伊区的那家餐厅酒吧间干的时间虽短，但还是交了一个女友，名叫玛丽，一直在那里做事，无非是在巴拉莱卡琴演奏者之间，载歌载舞，演出几分钟，在台上穿的那身"乌克兰公主"服装，倒叫人想起蒂罗尔山民妇女。不过，跳民间歌舞，只是挣点钱为权宜之计。玛丽梦想开一家小型时装店，她对奥迪儿谈了打算，二人商定合伙，以便经营好。

　　开店之前，玛丽可以先在家里干起来，争取一批顾客……奥迪儿思忖如何凑足开店所需的资金。她们已经定了店名："玛丽·巴克拉哲"，认为玛丽这个奇特的姓名会吸引主顾。在"玛丽·巴克拉哲"的下面，用大写体写着"时装店"，这是照圣奥诺雷区一家商店的样子，奥迪儿非常欣赏那家商店门上的牌号。

　　玛丽能画式样并剪裁。少女时，她就在她家的朋友，一位女裁缝那里干过活。奥迪儿问她父母的情况，但始终没有得到明确的回答：时而说她父母离异，旅居国外，时而说他们住在南方，不久要来看她，时而又说他们已经亡故。在这迷雾中的唯一方位标，她家族有迹可寻的唯一成员，就是她祖父，尽管他已去世二十来年了。她祖父叫保罗·巴克拉哲，一个流亡到巴黎的作家。他颇有才华，以细腻的笔触，描绘了南俄罗斯的兵营生活。他的小说有一部甚至译成了法文，玛丽珍藏了一本，已经放旧了。

玛丽个子矮小，一头金发，肌肤细嫩，几乎呈玫瑰色，有一双淡蓝色的眼睛。

星期天，奥迪儿和路易常去看玛丽。她住在大军林荫路和福煦林荫路的交界地段。从那里开始便是十六区的居民住宅群，但那一带的街道仍然遍布着自行车和滚珠轴承商店、车行、旧式舞厅和月亮公园的幽灵[①]。

他们三人在布洛涅树林散步，从太子门一直走到湖畔，然后租一只小船划一小时，或者停泊在岛子木屋小桥头，打一场微型高尔夫球。傍晚时分，他们回到玛丽的住宅。她有三室的一套房子，两间作前厅和客厅，第三间是她的卧室，要通过一条长长的过道才能进去。

他们返回的时候，客厅里已挤满十来个人。全是成年人，有的已经很老。一些人在打桥牌，其他人边喝茶边聊天。玛丽从他们中间经过时，拥抱了一位老妇人。那老妇

---

① 巴黎月亮公园（Luna Park）是1907—1931年间巴黎一座著名的游乐园，位于第十六区的马约门附近，因经济危机而倒闭。

六旬左右，个子很高，面颊臃肿，眼角有褶纹，一副女主人的派头。玛丽告诉路易和奥迪儿，那是她姨妈。

这帮人在昏暗中聊天打牌。每次都是玛丽打开壁灯和吊灯，就好像这一角色非她莫属，其他人自认为难以承担，或者没有资格按开关。再不然，他们没有想这事。

他们在玛丽的卧室里听唱片，闲聊。奥迪儿和路易觉得这个姑娘生性懒懒散散。他们三人同年出生，非常投合，常常一起过夜。

玛丽给他们俩端来点吃的：一块蛋糕或一盘汤。通过虚掩的房门，他们能听到客厅的喁喁谈话声。谈话声音渐渐止息，人们离开了房间。一个男人在过道里打电话。他一沉默就好长时间，每次都以为他已经挂上了话筒；不料他又讲了一句话，重又沉默。用一种陌生语言在电话中的这种秘密交谈，要持续几小时，往往要一直进行到拂晓。

星期天，玛丽的一个伙伴也时常去，他是个西班牙人，名叫若尔当，小伙子跟他们同龄，想在酒吧间找个事干，演演滑稽节目。他听从玛丽的建议，去见欧特伊区的那家夜总会经理，结果被接受试用。

过几天他就要登台了，但他还缺一条男扮女装的演出衣裙，要做他在码头大街发现的《女人和木偶》那个插图版本上女主人公穿的式样。玛丽和奥迪儿接下活儿，给他做这件衣裙，一连几天在玛丽房间量尺寸并制作，路易则在一旁看侦探小说。每次试穿，若尔当都征询路易的意见。衣裙很合身，他长得秀气，再戴上头巾，真能以假乱真，难辨雌雄。

若尔当初次登台的那天晚上，路易和奥迪儿去了那家夜总会。他的节目正好排在玛丽后边。巴拉莱卡琴声停止，在黑暗中，一个低沉的声音报幕：

"西迦尔拉女郎！"

为舞蹈伴奏的洪梅尔①的《波列罗舞曲》声起，而且录音带也是若尔当本人拿来的。灯光亮了，若尔当站在舞台中央，只见他面无血色，穿着裙子愣在那里。

他手中拿的响板，像落果似的掉在舞台上。他僵直不动，过几秒钟便瘫倒了，是吓昏过去，或者饿昏过去了，因他半个月来，几乎没有进食，怕失掉"线条"，穿不上演出的衣裙。

当晚他就被解雇，奥迪儿、路易和玛丽只好竭力劝他。

---

① 洪梅尔（1778—1837），奥地利音乐家，是古典主义到浪漫主义过渡时期的作曲家和著名钢琴家。

开春的头一天，贝雅尔迪邀请奥迪儿和路易进午餐；他们俩不能辜负明媚的阳光，便安步当车，一直走到路易-布莱里奥码头。

布罗西埃来开门，引他们进入客厅。客厅里已摆好五份餐具，贝雅尔迪由一位褐发的年轻女郎陪伴，路易头一天上班就在壁炉上看到这女子的照片。

"尼科尔·哈斯……一位朋友……芒兰先生和太太……要知道，宝贝儿，芒兰太太唱《马路之歌》非常出色……"

他总是这样彬彬有礼地称呼他们，因为他在他们大楼房客名单上看到"芒兰先生和太太"，觉得非常有趣。

"您做得对，"他曾对路易说，"这样更严肃。现在，你们应当结婚了。如果你们愿意，我就做你们的证婚人。"

尼科尔·哈斯面目和善，但有些严肃。她身材修长，跟贝雅尔迪的个头儿差不多。给路易印象最深的是她那男性化的举止，尤其是她那吸烟和伸腿把脚跟搭在矮桌上的姿势。

"先生请入席。"布罗西埃庄重地说。

"路易，您就坐在我这宝贝的右首，芒兰太太坐在我的左首……"

席间，大家的话不多。尼科尔·哈斯主持宴席，但情绪不佳。贝雅尔迪的目光总不离她。她比贝雅尔迪年轻，刚有三十岁。

"今天下午你骑马吗，宝贝？"贝雅尔迪问她。

"不骑。我得到平衡鞍具店去一趟。我要买一副鞍子。"

她撇了撇嘴，懒洋洋地为自己倒了一大杯水。

"我相信配鞍具，平衡鞍具店是最好的一家。"布罗西埃说道。

她耸了耸肩膀：

"对……不过，往常，我是去花枝鞍具店的……"

她似乎讨厌贝雅尔迪和布罗西埃，但以好奇而友善的目光端详奥迪儿和路易。

"您不骑马吗？"

"不骑。"奥迪儿答道。

"你为什么没有邀请他们去绿色树林呢？"她问贝雅尔迪。

"今年夏天，我们邀请他们去，尼科尔……"

尼科尔扭头，冲奥迪儿和路易粲然一笑。

"如果他带你们去绿色树林，我就教你们骑马。"

"绿色树林是……我家族的一个庄园，在索洛涅……"贝雅尔迪说道，"你们应当去看看……"

"绿色树林是贝雅尔迪家族世代伯爵的摇篮，"尼科尔·哈斯挖苦地说，"第二帝国时期的贵族……罗朗在姓名中加了表示贵族的'德'字……"

这一下，贝雅尔迪丧失了冷静，他盯着尼科尔·哈斯的目光，从畏怯变得凶狠了。

"你又胡说，宝贝儿……亲爱的路易，您面前这个人，是个赶时髦的典型……尼科尔梦寐以求成为贵族。"

尼科尔·哈斯哈哈大笑，点了一支香烟。

"白痴，算啦……"

这些话中故意流露对贝雅尔迪的蔑视。

咖啡盘早已摆好，放在客厅另一端的写字台上，尼科尔顺便打开一扇窗户，风鼓起薄纱窗帘。贝雅尔迪亲手倒咖啡。

尼科尔·哈斯、奥迪儿和路易坐在丝绒大沙发上。贝雅尔迪和布罗西埃靠着写字台，都沉默不语，也许怕一句话不当，又惹尼科尔·哈斯发脾气。然而，尼科尔·哈斯对他们视若不见。

她从小提包里掏出一个铜烟盒，依次递给奥迪儿和路易，并亲自给他们点烟。路易惊奇地看到，她手中的打火机火苗很高，正是他念中学时，人人都千方百计想弄到的美国芝宝牌打火机①。

"宝贝儿，你要我陪你去平衡鞍具店吗？"贝雅尔迪问道。

然而，她却转身对路易说：

"你的姓名很美，德·芒兰先生。"

"他只是叫芒兰。"贝雅尔迪说道。

她却充耳不闻，一边抽烟，一边望着薄纱窗帘，只见窗帘映着阳光，被风吹成波浪状，如同飘动的纱巾。

尼科尔·哈斯霍地站起来，走过去，在贝雅尔迪的写字台的烟灰缸里掐灭了香烟。

"我得走了……"

"你要用车吗？"贝雅尔迪问道。

---

① 芝宝牌打火机是美国芝宝公司（Zippo）制造的金属打火机，自 1932 年诞生以来，因其富有个性的设计，深受收藏者青睐。

"不用。"

她同奥迪儿和路易握手。

"希望再见到你们。"

她没有理睬贝雅尔迪，径直朝房门走去。

"今天晚上见，宝贝儿……"贝雅尔迪说，"别胡闹……"

她甚至不屑于回身，随手把门关上。布罗西埃神经质地轻声一笑。贝雅尔迪走到大沙发前，坐到奥迪儿和路易的身边，叹息一声。

"别看她这么要脾气，她不是个坏姑娘。路易……我要跟您谈点事儿……走，到隔壁房间去一会儿……"

"您说，芒兰太太，在他们俩闲扯这工夫，您不想下盘棋吗？"布罗西埃提议。

"干吗不下呢？"奥迪儿说道。她目送两人出去，只见贝雅尔迪一只手搭在路易肩上，摆出一副友好保护人的姿态，把他拖走了。

他们走进奥迪儿和路易曾过夜的那个房间。塞纳河对岸雪铁龙汽车厂的明亮厂房，看上去像座机场。

"景色很美，嗯？"贝雅尔迪说，"当初，我在那个街区经营了一个汽车修配厂……在对面……巴拉尔街……正是我看令尊赛车的那个时期……我第一次看他参加比赛是一九三八年，在冬赛场……当时我十六岁……"

"您认识他吗？"路易问道。

"不认识……我认识阿埃尔和夏尔·帕利西埃，不过，我同汽车人交往更多……"

难道是由于提起他父亲，是由于贝雅尔迪使用"汽车人"这种字眼，听来有点像"工业骑士"或"贵族骑士"吗？反正路易猛然想象，自己在一座新改建成的大汽车库中，阳光透过树枝从玻璃天棚照射下来，地面光影斑驳，宛似池塘水面漂浮的落叶。

他的童年。

贝雅尔迪躺到床上，双脚搭在镶皮革的床栏杆上面，以免弄脏锦缎床罩。路易则站在窗户旁边。

"事情是这样……我需要您帮个忙……要您到英国跑一趟……"

布罗西埃和奥迪儿坐在客厅的矮桌旁，正聚精会神地下棋。奥迪儿和路易是跟玛丽学会下棋的，在她的影响下爱上了这种游艺。

贝雅尔迪和路易默默地观棋。过了十来分钟，奥迪儿说："将死了。"布罗西埃的棋艺也不高明。

"真厉害，这位年轻的芒兰太太。"布罗西埃笑道。

他们来到大街上，走向欧特伊门。街上没有行人，时而驶过一辆公共汽车，隆隆声在阳光下渐渐减弱。

他们感到身体轻快，就好像潜到海底很久之后，又回到水面呼吸新鲜空气。路易心想，也许这是冬季已经结束的缘故。他又回想起十二月份的情景：他穿着灌进水的鞋离开兵营，每走一步发出的噗噗水声，给他一种不可避免要粘住的感觉。现在，他真想赤脚在干干的人行道上奔跑。

"你想什么呢？"奥迪儿挽上他的胳臂，问道。

"我们要到英国旅行一趟……以后我详细跟你谈……"

"到英国？"

她并不感到惊异。这天下午，他觉得事情无不可能。

他们终于走到布洛涅树林的边缘。几伙闹哄哄的人群列队走向赛马场入口。

"应当租艘小船。"路易说道。

在去湖畔的途中，他们改变了主意。和风习习，轻轻摇曳树叶，也吹散儿童的欢叫声；明媚的阳光，去英国旅行的前景，这一切引人进入倦慵状态。他们来到欧特伊农庄花园，捡一张餐桌坐下，叫了两份石榴汁牛奶。

两人缄默。奥迪儿的头偎在路易的肩上，用麦管吸着石榴汁牛奶。在那边一条跑马道上，一位骑手装束的褐发女郎，骑一匹灰色花斑马，缓慢走过，他们看出那是尼科尔·哈斯。

他们跟玛丽刚过了俄国复活节，布罗西埃就约他们到喜歌剧院对面的"法英青年交流处"见面。去办理他们的登记手续，参加度假团，去汉普郡的海滨度假胜地伯恩茅斯。

　　他们在一间堆满材料的窄小办公室，受到一位男士的接待，他们在门口的一块铜牌上看到了此人的姓名：A.斯图尔特。他是八旬老翁，眼角堆满皱纹，皮肤尽是雀斑。证件齐备，只需路易和奥迪儿填上出生日期。

　　"我注明你们是大学生，"斯图尔特说道，声音好似蚊虫，"这样办方便些。"

　　"您做得对。"布罗西埃说道。

　　"当然，你们不必非待到规定的日期结束。"斯图尔特说道。

　　"我知道。"路易回答。

"罗朗怎么样？"斯图尔特又问道。

"挺好。"

他送客到门口。

"我和罗朗·德·贝雅尔迪的父亲很熟，"斯图尔特忽然转身，郑重其事地对奥迪儿和路易说，"我和他都以你我相称。"

他们三人是驾驶贝雅尔迪的轿车去法瓦尔街，到"法英青年交流处"办理手续的，布罗西埃要去办事，让路易把车交给他。奥迪儿和路易就随便溜达，走到雷欧穆尔街，在一家咖啡馆的露天座坐下。在橱窗旁边的一张餐桌上放着一份《德弗塞财经日报》。

路易为了掩饰窘态，便翻看行情表，目光停留在停盘证券栏。该向奥迪儿解释去英国这趟旅行的原因了，但是这话题微妙，他一时不知从哪儿谈起。

"你对这感兴趣？"

她笑着从他手里抢过《德弗塞财经日报》，放到身边的长椅上。路易目光茫然地看着她。

"你想什么呢？"

"没想什么……想交易所……瞧……"

他指给她看街道对面的交易所，只见廊柱排列，一伙伙人匆忙走下楼梯。下雨了。进入咖啡馆的顾客越来越多，聚在柜台前。大多数人夹着黑色皮包。他们邻桌有个男子，还比较年轻，但皮肤发红，黑色头发稀少，梳向后边，他不时从查阅的材料上抬起目光，放肆地凝视奥迪儿。

"是这样……这趟英国旅行……是为了给贝雅尔迪办件事……"

路易喘了一口气，又急促地向她介绍详细情况，就好像害怕被她打断似的。所有细节。贝雅尔迪委托他往英国转移将近五十万法郎的现金，并给他一定比例的报酬，办法就是混在"法英青年交流"的度假团里，以便顺利通过海关。"青年交流处"主任斯图尔特本人，看来也参与其谋。

奥迪儿睁大眼睛，听他讲下去。讲完之后，两人沉默片刻。"我敢肯定，从一开始，他们就有这种念头。"奥迪儿说道。

"哦，对……当然啰……"

路易耸了耸肩膀。到时候就看明白了。他看她跟自己想到一处。

"哦……这种事嘛，没什么了不起的……"

他们经历的这一时刻，正感到需要抓住点稳定的东西，需要向人请教。然而无人可问，唯有这些夹着黑皮包的灰色身影，在雨中穿过雷欧穆尔街，走进咖啡馆，在柜台前喝点饮料，随即离去；看着他们进进出出，奥迪儿和路易不禁头昏眼花。地面摇晃了。

他们穿过圣拉扎尔火车站大厅，走到站台和车站酒店之间，布罗西埃想在天桥上的小餐厅里停一停。

"不必……"路易说道，"我们到那边……到发车站台附近更好些。"

奥迪儿看着他，微微一笑。

"这地点使我们想起倒霉的往事。"路易又说。

他们朝餐厅里端走去，拣了一张餐桌坐下。约会地点定在通向大线路发车站台的走廊口。一伙青年停在离那儿几米远的地方。路易看了看表：差不多到了约定时间。

"青年交流团，不是吗？"路易问布罗西埃。

"肯定是。"

布罗西埃哑然一笑，又逗得奥迪儿笑起来。

"怎么，你们觉得这有趣吗？……"路易问道。

可是，他自己也憋不住笑了。

"希望你们勤奋，跟其他人一起好好学习英语。"布罗西埃说道。

路易的多口袋蓝帆布大旅行包，放在身边的椅子上，旅行包里装了一部分钞票，一沓沓都藏在衬衣和羊毛衫里。其余的钱款藏在奥迪儿的硬纸板箱底。

"现在，你们应当加入其他人的行列。"布罗西埃说道。

他帮着路易将蓝色露营包或登山包放到背上。奥迪儿拎起她的硬纸板小手提箱。

他们俩和布罗西埃站到那队人旁边。

"你们一到，就给我们打电话，好吧？"布罗西埃说道。

"您真的以为毫无问题吗？"路易又问道。

"毫无问题。现在就跟你们分手了……拥抱一下吧？"

布罗西埃提出这个建议叫路易惊奇，他还拥抱了奥迪儿，随即走开了，到了楼梯口，下去便是罗马庭院，他又转身，挥动手臂，然后就消失了。

"你们是我们团的人吗？"一个厚嘴唇的小平头青年问奥迪儿。

"对……"

"好……请到这边来……"

他们同十来个小伙子和姑娘握手，大家各自报了名字。看来，这个小平头青年是带队的。

"给你们，贴在行李上和外衣翻领上……"

他给奥迪儿和路易看上有"青年交流团"字样的小三角标签，并亲手把标签贴到他们大衣、蓝旅行袋和手提箱上。

"如果脱落，我再给你们……"

他们的旅伴，大部分都相互认识。他们回顾上次去伯恩茅斯的情景，并提到一个叫阿克斯特的人；路易也听贝雅尔迪说起过这个姓名。

"阿克斯特，是谁？"路易问他已看作是领队的人。

"阿克斯特先生，就是我要去上课的那所学校校长。"

"上课？"

"对，每天上午都有课。"

"你们是头一回参加青年交流团去英国的吧？"一位蓝眼睛褐发姑娘问道。

"对。"路易回答。

"到时候您看，相当好。"

"我看到时间了。"厚嘴唇小平头的青年说道。

开往勒阿弗尔的列车已经进站。小平头青年递给检票员一张集体票。

"你们多少人？"

"十二人。"

他们顺序进站，检票员若不经意地点了数。

"我能去买报纸吗？"奥迪儿问道。

"要快点儿，"小平头青年说，"您看要是有《科学与生活》杂志，请给我带一份儿……"

"我陪你去。"路易说。

他们俩快步走去，离开站台时，指了指"青年交流"的标签让检票员看。

到了报亭，路易买了《她》《老实人》《竞赛报》《巴黎新闻报》和《科学与生活》。奥迪儿坐在她的手提箱上等着，心不在焉地观望行人来来往往；行人越来越多，快到交通高峰时刻。猛然，她的心狂跳，几乎窒息。她刚看到曾利用她为钓饵的那个金发胖子，只见他从她旁边过去，缓步走向餐厅入口。

青年交流团占了两个包厢。奥迪儿和路易面对面坐在靠走廊的座位上。奥迪儿把手提箱放在行李架上，路易却把蓝旅行袋放在手边。她想到金发胖子，心中有些气馁，觉得落入圈套。她所签署的那个证词……他们会放进一份档案里。认倒霉吧。还有，也许金发胖子在拜吕纳的房间发现了她的踪迹，因为她好像落在那里一张"软唱片"、几张她的照片，供拜吕纳装饰唱片封面之用……金发胖子要是不管这个案子呢？不管怎样，她看到他在特尔纳林荫路的罗瓦罗酒店门前……

路易同其他人交谈。奥迪儿渐渐听他们说话，终于把金发胖子置于脑后了。

坐在她身边的一个姑娘告诉她才十七岁，可是她显得比实际年龄大，这主要怪她这身正式女服、戴的墨镜和她的低沉的嗓音。身穿褶裙的蓝眼睛褐发姑娘，坐在路易的右首。还有一位脸蛋胖胖的姑娘。有一个褐发青年自以为是美男子，他不断用手拢头发，戴着一只刻有姓氏头一个字母的戒指。

"你们呢？"褐发青年问奥迪儿和路易，"你们有你们的家庭住址吗？"

他们不大明白这话的意思。家庭？对，青年交流团成员在伯恩茅斯逗留期间所寄居的家庭。可是，奥迪儿和路易不知道他们的家庭地址。

在勒阿弗尔，他们在码头一家咖啡馆的露天座等待上船，自动电唱机正播放意大利歌曲，洪亮的歌声同这钢筋水泥和沥青的背景融为一体。

客轮已停泊在码头。小平头青年告诉奥迪儿和路易，这是"诺曼尼亚号"船，要航行一夜才能到达南安普敦。

海关处设在一个小棚子里。小平头青年收齐了团员的护照。奥迪儿把护照交给他时，头脑中闪现金发胖子的形象。

一名海关人员依次给护照盖了印，又还给似乎认识他的青年交流团领队。

"今天晚上，乘客很多吧？"

"不少，"海关人员答道，"赶上复活节假期。您瞧……"

在"诺曼尼亚号"的甲板上，十五岁到二十岁之间的姑娘小伙子，都挤得一个挨着一个。有些人在合唱。青年交流团成员全部上船时，在这拥挤的人群中几乎寸步难行了。小平头青年挥动一只手，另一只手紧紧抓住路易的手腕子。

"我们不要走散……到大厅会合。我建议您一直戴好标签……对……对……千万戴好……我恳求您了……要戴好……"

可怜的人，看到青年交流团可能分散在人群里，他简直惊慌失措，他那一直像牧犬汪汪叫的声音，此刻几近哭泣了。

夜幕降临很久之后，"诺曼尼亚号"才启航。奥迪儿和路易倚着舷墙，眺望渐渐远逝的勒阿弗尔的灯火。路易一直背着蓝旅行袋，奥迪儿双腿则紧紧夹住手提箱。他们身边有十来个青年，每人戴一顶黑丝绒大贝雷帽，合唱一曲咏叹调，副歌部分还轮唱，那陌生的语言柔似微风；奥迪儿和路易感到沉醉在他们不懂的这种语言的优美旋律中。

时过不久，甲板就空无一人了。他们俩谁也觉察不到寒冷的空气。他们这是头一回乘船旅行。二人一直走到前面，然后才下楼梯，沿着纵向通道走去，碰见一小堆一小堆席地而坐、聊天或打牌的人。再往前走有一个铁柜台，周围簇拥着一些买三明治和热饮料的人。两人终于来到领队所说的"大厅"，其实看上去，不过像个吸烟室，有固定在地面的皮椅和皮沙发，护壁板上贴着风景照片，跟装饰火车包厢的风景照一样。两个舷窗，一侧一个，他俩前面有一张桥牌桌。

一进门，烟斗和黑烟草味就呛嗓子。这里的乘客，大多也席地而坐，有的甚至在睡袋里沉睡。青年交流团的人挤在一张长沙发和一张椅子上，小平头领队朝路易和奥迪儿挥手。路易把奥迪儿的手提箱扛在肩上，两人从躺着的人和盘腿而坐的一圈圈人中间开出一条路。桥牌桌有三个神态诡秘的外国人，他们头戴丝绒贝雷帽，继续用低沉的声音唱歌。

"我还以为你们走丢了，"领队说，"坐下来吧……你们为什么还扛着行李？这不犯傻吗……应当放在我们的大堆里……”

路易只是耸耸肩膀，未予回答。奥迪儿坐到长沙发上，路易则背靠沙发扶手，席地而坐。

“我们相互可以直呼名字，”领队说，“我叫吉贝尔……”

他又介绍穿褶裙的蓝眼睛褐发姑娘和戴戒指的小伙子：

“弗朗索瓦丝、阿兰……”

随即又介绍其他人：

“玛丽-若、克洛德、克里斯蒂安……”

路易和奥迪儿也自报姓名。

“你们是亲兄妹吗？”吉伯尔问道。

“不，是表兄妹。”路易不假思索地回答。

航船开始颠簸了，而且幅度大起来。

“但愿你们不晕船，”吉贝尔说道，“一般说来，这情况不会持续很久……横渡过程还是挺平稳的……”

他从兜里掏出只烟斗。

“我呀，有治晕船的特效药方：烟斗……我和阿克斯特见解一致……他也是个大烟筒……”

奥迪儿蜷缩起身子，面颊贴在沙发背上，闭上眼睛。

吉贝尔点着烟斗。看他的小平头和厚嘴唇，他像个好学生的样儿；路易想象他穿着西服短裤，在教室里坐头一排，只要老师提问就伸手指响应：

"先生……先生！"

在扶手椅上，戴戒指的褐发青年正跟玛丽–若调情，就是那个模样比实际年龄大的姑娘。他不停地亲她。他胳膊弯过来，紧紧搂住姑娘的颈项；路易怀疑他偷偷看表，为接吻计时。

"您不想抽一口吗，老兄？"吉贝尔问道。

他递过来烟斗，但路易谢绝了。

"您表妹睡了，老兄。"吉贝尔指着奥迪儿对他说。

航船颠簸得越来越厉害。奥迪儿放在长沙发脚下的手提箱滑开一点，路易把它拉回来，重又将蓝旅行袋背到背上。

"您这么背着旅行袋，不别扭吗，老兄？"吉贝尔问道。

"不别扭，习惯了……"路易说道。

褐发青年和玛丽–若一直拥抱亲吻。其他团员之间也开始调情。胖脸蛋姑娘的手，被一个讲话有旅居阿尔及利亚的法国人口音、矮个儿棕发青年握着。穿褶裙的蓝眼睛褐发姑娘，似乎艳羡被褐发青年紧紧搂着的玛丽–若。

"讨厌的是，他们并不学英语，"吉贝尔说，"他们总是在一起调情……我跟阿克斯特谈过……是地地道道的猪……您和您表妹，至少做出了榜样……这很好……"

靠桥牌桌的诡秘的唱歌人中，有一个晕船了，要往他丝绒大贝雷帽里呕吐。

"明天早晨将近七点钟，我们就到南安普敦了。"吉贝尔嘴里叼着烟斗说道。

他的嘴唇极厚，就好像独自托着烟斗。

奥迪儿睁开眼睛，睡意惺忪地看了看路易。这时，灯光暗下来，在熄灭之前闪动。有人感叹，还有一个南方口音的人嚷了一句：

"英国王后，真他妈够意思！"

哄然笑声。谈话的嗡鸣。打嗝逆声响。路易心想，准是戴贝雷帽唱歌者中的一个人。好几个人齐声喊道：

"开—灯！开灯！"

有几人打亮打火机。路易靠近奥迪儿，对她耳语：

"去睡觉吧……"

他拎起奥迪儿的手提箱，两人万分小心，以免碰着横七竖八的身体，好歹离开了"大厅"。从纵向通道射来昏暗的灯光。

他们终于找到去客舱的路，路易从兜里掏出来一张票，查看他们客房的号码。两个铺位。他们俩躺下。路易把旅行袋和手提箱放在手边，布罗西埃在巴黎给他和奥迪儿定了一间客舱，他想到领队如果知道这事，会是一副什么表情。吉贝尔发现这对表兄妹没有和青年交流团全体成员一起睡在大厅里，一定非常生气。

景物全飘浮在白色雾气中。他们下了"诺曼尼亚号"船，通过英国海关，接着，吉贝尔领他们走向停在码头上的一辆客车。

从大客车里出来一个男人，迎着吉贝尔走来。

"您好吗，阿克斯特先生？"

"很好，您也好吧？旅途愉快吗？"

他讲法语略微带点口音。他有四十来岁，金发鬈曲，戴着玳瑁框宽边眼镜，穿一件棕色粗呢外套，嘴上叼一个烟头。

全体成员坐在客车的前部，奥迪儿和路易稍微靠后。阿克斯特担心地扫了大家一眼。

"告诉我，吉贝尔，你们团里有一位叫……路易·芒兰的吗？"

"路易？……路易……哦，对了……表兄妹……"

他指了指路易和奥迪儿。

阿克斯特冲他们笑笑。

"米歇尔·阿克斯特，"他说，"很高兴认识你们。"

看得出他故意套近乎，说自己名字时发音法语化。他同路易和奥迪儿握手，便坐在他们的前排座位上，而头却转向他们。

"罗朗·德·贝雅尔迪昨天晚上给我打电话，通知你们要到。要知道，他是我的至交……"

他脸上挂着微笑，装满烟斗。看到阿克斯特同路易和奥迪儿突然这么亲近，吉贝尔十分意外，只好敬而远之。也许还有点嫉妒吧。

"甚至可以说，我和罗朗，年轻时就成了好朋友……"

这一回，他的笑容消失了，吉贝尔越来越吃惊，神经质地拿出烟斗，就好像要以这种举动引起阿克斯特的注意，在他们之间建立默契关系。他甚至讷讷地说：

"一直忠于那个荷兰人吗，先生？"

然而，阿克斯特没有听见，他正俯身向奥迪儿和路易：

"在我们的伯恩茅斯学校接待你们，我十分高兴。"

继而，他伸出食指，点了全团人数。

"全体到齐啦？"

"全体到齐了，阿克斯特先生。"吉贝尔答道。

"好，告诉一声司机……"

客车启动了，吉贝尔匆忙回来，坐到阿克斯特、奥迪儿和路易的附近。他大概担心别人背后说他坏话。

"路不远……伯恩茅斯离这儿很近……"阿克斯特说道。

"您夫人好吗？"吉贝尔问道，他气急败坏，千方百计要引起阿克斯特的注意。

然而，阿克斯特却打开一份报纸，聚精会神地看起来。

车窗外面，一切景物都隐没在雪白晶莹的雾气中，路易心想，司机还能辨认方向，究竟靠什么奇迹。

快要到达伯恩茅斯的时候，太阳出来了，阿克斯特不禁说了一句：

"你们瞧，太阳总是到伯恩茅斯赴约……"

吉贝尔不能错过任何交谈的机会，赶紧接茬：

"这里属于地中海气候……生长很多松树……盛开鲜花……正如阿克斯特先生经常指出的，伯恩茅斯是多塞特郡的戛纳……"

这种奉承话无人响应，阿克斯特仅仅耸了耸肩膀。

他从兜里掏出一张名单，转身对奥迪儿和路易说：

"我们要把这些年轻人一个个送到接待他们的家庭

里……这用不了多长时间……"

"要到基督教堂了，先生。"吉贝尔一本正经地说，他那声调，就像一个丛林向导指给主顾看一条小径。

阿克斯特查看名单。

"我们有人要在基督教堂下车……玛丽-若泽·基利尼到盖伊福特家……梅丽尔·莱恩街 23 号……告诉司机，到梅丽尔·莱恩街 23 号停一下……"

吉贝尔去传达指示。

每次都重复这同样仪式。客车在指定地点停下，只见前边一座花园，后边一座别墅或一幢小屋。全家人迎候，母亲领孩子们站在门前台阶上，父亲则来到人行道上，站在敞开的花园栅门前面，全体肃立，站得笔直。阿克斯特送团里的一个小伙子或姑娘，介绍给那家的男主人。吉贝尔拎着这个学生的手提箱跟在后面。接着，男主人、阿克斯特和青年交流团的这个学生，一直走到台阶，同这家人进行简短的谈话，吉贝尔则放下手提箱。然后，男主人又把阿克斯特和吉贝尔送上车。青年交流团的这个成员，跟这家的女主人和孩子重又肃立，目送客车开走。

车里只剩下阿克斯特、吉贝尔、奥迪儿和路易了；吉贝尔越来越烦躁不安。

"我把您安排在十字路口，还是去年的那个家庭。"阿克斯特说道。

"谢谢。这样，我离您很近……"

他迟疑一下，又指着奥迪儿和路易，急促地问道：

"这两位，安排在哪家？"

"他们到我家，就住在学校。"

吉贝尔睁大了眼睛。

"到您家？"

就好像他小肚子上挨了一拳，他的脸变了态，嘴唇更加肥厚，如同充了气鼓起来，眼看就要爆裂。

"为什么到您家？"

"就这样安排的……您感到奇怪吗？"

客车停到十字路口的一幢漂亮的小别墅门前，只见这家的小花园围着白栅栏。

"您到地方了，吉贝尔……"

吉贝尔坐着不动，还磨蹭时间不愿离开。阿克斯特拎起手提箱，吉贝尔这才勉强站起来。

"他们运气真好，住到您的府上。"他感叹道。

阿克斯特走到花园门口，撂下手提箱，同吉贝尔握手，然后，他上车回到奥迪儿和路易身边。

吉贝尔站在别墅前一动不动，毫不理睬自己的箱子。他脸色白得令人担心，眼睛狠狠盯住奥迪儿和路易，嘴唇往外翻，直到大客车开走。看到他那仇恨与嫉妒的眼神，路易非常诧异。

"这个小伙子倒不坏，只是有点儿缠人。"阿克斯特说道。

一条弯弯曲曲的沙砾小径，沿着一片齐根剪平的草坪和杜鹃花丛，一直通向房舍；这是盎格鲁-诺曼底式大别墅，上面耸立一个小钟楼。正门镶一块白色大理石牌子，上面刻着：

博斯康伯中学

"到了，"阿克斯特说，"我带你们去瞧瞧房间。"

他们穿行一条走廊，只见两侧都是教室。

"就在这里上课，"阿克斯特说，"每天上午……当然，我并不规定你们一定得上课……"

他朝奥迪儿和路易挤了挤眼睛，这个英国人有此动作，实在出人意料。

他们上到四层楼。阿克斯特打开一扇门，重又穿行一条走廊，进入一间阁楼。屋里白灰墙，没有一件家具，就地铺了一张大垫子，上面罩了粉红色床单和苏格兰毛毯。

"这屋里有浴室。"阿克斯特说道。

一个乌玻璃门的小屋里，安装一个盥洗池和一个喷头。

"我想你们住在这里会挺好。楼房这层也是刚刚收拾出来的。"

他拿了奥迪儿的手提箱和路易的旅行包，打开壁橱门，开始把他们的衣服放在格板上。路易想劝阻他。

"不，不……别客气……"

奥迪儿和路易惊奇地交换一下眼色。阿克斯特将衬衣、羊毛衫、衣裙、裤子放好，秩序井然。

"真有趣……这使我想起三一学院^①……"

他将东西摆好之后，便极其自然地掏出旅行袋和手提箱里藏的几沓钞票。

他已经从兜里取出一个绿色大塑料袋，像手绢一样展开，一边抽出钞票，一边装进这个塑料袋里。他转身对奥迪儿和路易说：

"现在，我们可以给罗朗·德·贝雅尔迪打电话了，告诉他一切顺利……"

电话固定在走廊的墙壁上。阿克斯特讲英语，他连连

---

① 这里指剑桥大学三一学院，阿克斯特的母校。

点头，可能听到贝雅尔迪给他的指示。

"再见，罗朗……代我问候尼科尔……"

然后，他把话筒交给路易。

"学好英语，"贝雅尔迪对他说，"生活里总会用得着的……"

早晨将近九点钟，他们被穿过花园的学生的喧闹吵醒。到博斯康伯中学来上课的有五十名少男少女。路易在他们中间发现吉贝尔，只见他叼着烟斗，扬起下颏儿，下身穿一条苏格兰褶子短裙，上身套一件卷领羊毛衫，从一堆人走到另一堆人。

奥迪儿和路易倒情愿上课，可是那必须早起床，而在博斯康伯中学学英语的人，虽然与他们年纪相仿，但看上去很陌生。对他们说什么呢？他们各有各的心事。打了三下钟，表明课间休息，这些青年都分散在草坪上，一对一对，总是没完没了地拥抱，而且很专心，就好像要给他们的亲吻计时。幸福的少年，既保持本色，又自信。来博斯康伯上课，阿克斯特收费很高，他主要在巴黎第七区或第十六区住户招收学员，迫不得已，则在旅居阿尔及利亚的法国富人中间招收。

他们两人赖在床上，紧紧搂抱，听见一个教师在给学生听写一篇英文课文的低沉声音。稍远处传来神秘的合唱的嗡响：不厌其烦地重复同一歌曲。

那些日子，天气晴朗，奥迪儿和路易常和阿克斯特在博斯康伯餐厅吃饭。阿克斯特的妻子不在，到伦敦小住数日，他就亲自下灶，上菜，收拾餐桌，干干这种家务活还蛮来劲。博斯康伯早年是他父母的别墅，如今双亲已辞世；他从剑桥大学毕业后，便把这座别墅改成中学，只有通过这种办法，才能保留一幢能引起他许多童年回忆的楼房。

他是在哪里结识贝雅尔迪的呢？唔，纯系偶然，二十五岁那年，他去法国旅行，一位美国朋友向他介绍了"罗朗"，说他在塞纳河上讷伊一带经营一个驳船餐厅。是的，那个"驳船餐厅"挺奇特。不过，每次提到贝雅尔迪，路易都看出阿克斯特先生有几分尴尬。

下午，奥迪儿和路易出去走走，博斯康伯中学的这条林荫路，两侧排列着别墅，别墅都围着白色栅栏和近乎黑色的墨绿矮树丛。时而看见一棵松树。他们走到渔夫区，这个十字路口集中了几家商店，其中有一家茶馆，天棚高悬，门面镶着彩绘大玻璃窗，餐桌却小巧玲珑，仿佛消匿在一座培植柑橘的温室中。沿一条斜坡的街道走到头，便是大海。

在俯临海滩的一个圆形广场中央，突兀竖立着一个红色电话亭，亭子里积了几公分厚的沙子，但电话一直好使，电话簿也是新的。一天下午，路易给布罗西埃挂电话，但由对方付电话费。他要把电话亭的号码告诉接线员，半小时之后就会接通。在这凄清的景物中，电话铃突然响了，倒把路易和奥迪儿吓了一跳。一个女人的声音，是雅克琳·布瓦万，布罗西埃的未婚妻。

"我叫让-克洛德跟您讲话……"

路易问布罗西埃，他们在伯恩茅斯能待到什么时候。布罗西埃回答，可以待到下周。他也准备同雅克琳度假。在哪里？就在大学城，默尔特河流域德意志区，抵得上欧洲的所有温泉浴疗养地。

沙丘坡上生长一簇荒草，丘顶时而有一张长椅。他们把衣裳放在一张长椅上，换了阿克斯特借给他们的浴衣，一直跑进大海。海水冰冷，但是他们赌赢了。阿克斯特采用激将法，要他们四月份在伯恩茅斯洗海水浴。

他们把浴衣卷起来，装进浴衣袋，原路返回，一直走到渔夫区。风很大，他们走进柑橘温室规模的茶馆，喝杯搀热糖水的白酒。

他们要是留下几个月呢？阿克斯特会给他们找个小酒店，或许继续让他们住着吧。他们已将巴黎置于脑后。他们聆听邻桌讲一种陌生语言，心情怡然自得，就好像开始了新生活；这种语言，不久他们就能听懂会讲了。

他们在博斯康伯沙丘路的尽头，碰见一个搭话的男人。那人身穿海军蓝雨衣，头戴花格鸭舌帽。他们不大明白他的话。他问他们是不是"法国学生"，得到肯定回答之后，他又举起画了紫杠的身份证，重复讲几遍"侦探影院"，大概是要说明他的职业，接着赠送他们十来张票。好几部片子的招待票。那人没容他们道谢，已经走远了，只见他那过分肥大的雨衣在风中翻动，宛似一面火焰形旗帜。

电影院在基督教堂旁边，伯恩茅斯这个街区离博斯康伯不远。电影晚上九点半钟开始放映。他们穿过斯陶尔河桥：这条河两岸是牧场，在苍茫暮色中，青草呈现蓝幽幽的色调。在桥头水边，展延一座花园，园中有个音乐亭，有射击和玩赌钱机的木棚，小浮桥头还有小酒吧，以及白天出租的游艇。

后来，在路易的记忆中，这座游艺园、河流、赌博机的响声，同奥迪儿的薰衣草香味相得益彰：当时，她是在博斯康伯中学那间阁楼的壁橱里，发现了一瓶薰衣草香精。一个高音喇叭在播放歌曲和音乐。木棚前聚集几伙穿黑皮夹克的人，即所谓"无赖青年"。还未过桥，就听见他们的争吵和笑声。

主要的酒吧间里光线昏暗，只有一个姑娘坐在一张餐桌旁。她也穿着黑皮夹克，有一头红棕发，爱尔兰型鼻子，鼻尖往上翘。她的脖颈上挂了一条大项链，有二十来个链环。一天晚上，她给奥迪儿和路易看这件家珍，上面刻着名字：让-皮埃尔、克里斯蒂安、克洛德、贝尔纳尔、米歇尔……这些链环所代表的法国人，在伯恩茅斯的堤坝下曾和她有过一夜之欢。其他无赖青年把她看成瘟疫，谁也不跟她说话。然而，她喜爱法国人，能算是过错吗？

他们走进电影院，看见穿海军蓝雨衣那人正笔直地站在柜台旁边。他拿着手电筒，亲自把他们引到座位上。放映大厅的深褐色木制排椅上，向来没有多少观众。

在放映过程中，那人始终戴着鸭舌帽，在中间过道来回踱步。他不时坐下，但每次都换座位，观察周围的人。散场时，他重又站到柜台旁边，一个一个端详观众，还点头跟奥迪儿和路易打招呼。那时，他们本想问问他那"侦探影院"是什么工作，但是又被对方严肃而忧虑的神态给吓住了。路易甚至还想送他一件礼物，以便感谢他赠票。

他们询问阿克斯特，"侦探影院"究竟是什么意思。阿克斯特却一无所知，他还是头一回听说这种行业。

他们回到博斯康伯中学的时候，一楼的大窗户里往往灯火通明。一天晚上，阿克斯特瞧见他们穿过花园，正要上楼，便叫住他们，邀请他们喝一杯。

他们走进非常宽敞的客厅，只见里边摆着扶手椅和大型皮沙发，铺着羊毛地毯，走上去悄无声息。墙上挂着打猎场面的绘画，一幅版画吸引了路易的注意：一家人围着一辆驿车，车里坐着一个神情忧郁的少年。这幅画题为：《上中学》。

"我妻子。"阿克斯特介绍说。

她和另一位女人坐在长沙发上。她一头金发又密又厚，蓝眼睛，脸上表情望之俨然，显得比阿克斯特年长。

"路易和奥迪儿·芒兰。"

阿克斯特一直佯装相信他们俩是兄妹。

"幸会……"阿克斯特太太用法语说。

她心不在焉地冲他们微笑。

"我也向二位介绍我朋友哈罗德·霍华德的妻子。"

那位只是略微瞥了他们一眼。她跟阿克斯特太太个头儿相当，一头褐发剪得很短，方形面颊具有男性特点。她不时将一只烟嘴插到牙齿中间。两个女人继续谈话，再也没有理睬奥迪儿和路易。阿克斯特见她们态度冷淡，颇为尴尬，干咳几声。路易为了保持泰然自若的神态，就欣赏版画。

"很美……"

"不过也很凄凉，这上学的场面，您不觉得吗？"阿克斯特说道，"就拿我来说，您想想看，我有时还做梦要去上学……都到我这种年龄了，您明白吧……"

"米歇尔特别多愁善感。"他们身后一个声音几乎用纯正的法语说道。

三个人没有听见有人过来，一齐回头看去。

"我向你们介绍我的朋友哈罗德·霍华德。"

此人身材魁伟，棕色头发，脸有雀斑，他穿一件高领酱红羊毛衫，套一件粗呢外衣，下身穿一条肥大的绿灯芯绒裤。

"霍华德是我在三一学院的老同学……"

阿克斯特把他们拉向客厅的另一角，离开聊天的两个女人越远越好。霍华德坐到一个扶手椅上，两条长腿往窗台上一搭。

阿克斯特俯下身，用法语低声对他说：

"我收到盖伊·伯吉斯一张明信片。"

"盖伊？不会……这不可能呀！……"霍华德惊愕地说道。

阿克斯特朝两个女人的方向溜了一眼，就好像要向她们隐瞒这一重大事件。接着，他从外套里兜掏出明信片，递给霍华德。霍华德大惊失色，目光久久地盯着明信片。

"奇妙的老家伙！他在那里大概受苦受难……"

"你也知道，盖伊总是愿意受苦受难。"阿克斯特说道。

霍华德一时冲动，下意识地将明信片递给路易。莫斯科，公园一景。明信片背面用英文只简短写了一句：

致以亲切的问候

盖伊 上

路易把明信片还给阿克斯特，阿克斯特又把它塞进兜里。数年之后，路易经营"快乐之家"的时候，读到伯吉斯及其友人的遭遇，盖伊·伯吉斯这一名字，足以令他想起伯恩茅斯的整个气氛，杜鹃花、博斯康伯的海滩、嫩绿的青藤、"侦探影院"和奥迪儿的薰衣草香精味。

"我们来为盖伊的健康干杯，"阿克斯特郑重其事地说，"What is your poison？"

"这话意思是：您喝什么酒？"霍华德解释说。

可是，阿克斯特按照自己的意愿，往极小的杯子里斟了一种酱红色反光的佳酿，同哈罗德·霍华德的羊毛衫色彩正好协调一致。

"为盖伊的健康干杯！"阿克斯特严肃地说。

"为盖伊的健康干杯！"奥迪儿笑着重复。

"为盖伊老兄干杯！"哈罗德也说道。

他们碰杯。

"盖伊是我们在达特茅斯和剑桥的老大哥。"阿克斯特说道。

哈罗德打量奥迪儿和路易，粲然一笑。

"你们在生活中做什么事啊？"

"没做什么事。"阿克斯特说道。

"他们太年轻，在生活中还没干什么坏事。"阿克斯特说道。

奥迪儿格格大笑。

"或者说还没干什么好事。"她说道。

阿克斯特和霍华德不约而同地从兜里掏出烟斗。阿克斯特装上烟丝，而哈罗德则不住打量奥迪儿和路易。

"对……的确如此……"阿克斯特若有所思地说道，

"你们还是孩子……"

奥迪儿和路易并排坐在长沙发上，迎面的灯光十分强烈。阿克斯特和哈罗德观察他们。两只一动不动的蝴蝶，被爱好者钉在布上鉴赏。

现在，哈罗德和阿克斯特每人叼一只烟斗。两个女人还在客厅的另一端闲聊，几乎听不见她们的窃窃私语声。也许他们利用离开妻子的时机，放松一下，随便一点，如同从前他们在三圣中学堂的寝室里那样。阿克斯特解开衬衣领口，腿肚子搭在太师椅的一侧扶手上。哈罗德·霍华德两条腿一直蹬着窗台，过分肥大的本色羊毛袜子渐渐滑到脚腕。

"你们应该参观参观英国……如果你们愿意，我和米歇尔可以带你们逛一逛。对不对，米歇尔？比方说，我们可以领你们参观剑桥……"

"当然愿意。不过，我看他们应当回国了……"

是的，他们后天就要启程了。路易不禁茫然无措。他们回到巴黎干什么呢？他感到需要向这两个英国人谈一谈，甚至向他们讨主意。他和奥迪儿在人世上踽踽独行，从来没有人给他们以指点。

"真的吗？你们要走啦？"哈罗德问道。

他把烟斗用力往鞋跟上一磕，磕掉烟斗里的残渣。

"为什么要走呢？"

看到哈罗德·霍华德既天真的失望，眼神里又流露出不安和温情，路易深为诧异。这种表情同他那大块头、粗呢外套和灯芯绒裤，同笼罩着他的呛人的烟味形成鲜明对照。

阿克斯特用接他们来的那辆客车，一直把他们送到南安普敦。车里空荡荡的，他们三人坐在后面，都默默无言。阿克斯特若有所思，抽着烟斗。天气阴沉。

客车停靠在装货码头的海关棚前面。阿克斯特拿了行李，亲自交给海关人员检查。在他们要登上"诺曼尼亚号"船的时候，他抓住路易的肩膀。

"跟罗朗打交道，您还是当心点好……不要被人家牵着鼻子走……他那家伙挺可爱，但毕竟是个……是个……"

他在斟酌字眼儿。

"是个爱冒险的人……"

他们倚在舷墙上等待开船。阿克斯特嘴上叼着烟斗，脚蹬在客车踏板上，双臂使劲挥动，向他们告别。

贝雅尔迪和尼科尔·哈斯在勒阿弗尔港海关门口等他

们。时近晚八点钟，夜幕已降下。

"旅途顺利吧？"贝雅尔迪不疼不痒地问了一句。

尼科尔·哈斯只是冲他们微笑，没有讲话。路易和奥迪儿坐到后排座位上，贝雅尔迪开车，尼科尔·哈斯坐在他身边。

他开车速度飞快，显得烦躁不安。尼科尔·哈斯和他没交换一句话，仿佛刚吵了架。贝雅尔迪打开收音机，而且音量越拧越大。

"嘿，罗朗，您做出决定了吗？"尼科尔·哈斯问道。

"还说不准，宝贝儿……也许维尔讷伊酒店吧，不行吗？你看怎么样？"

她没有回答。贝雅尔迪回头对奥迪儿和路易说：

"你们肯定旅途劳顿……路上再奔波三小时，恐怕太傻了……我们可以找家酒店，暂且歇歇脚……除非你们希望直接赶回巴黎……"

路易没有应声，他紧紧抓住奥迪儿的手。两人深感没有自己讲话的份儿。何况，贝雅尔迪又拧大了收音机的音量。

他们共进晚餐。尼科尔·哈斯不肯进空荡荡的酒店大餐厅，贝雅尔迪就在柜台旁边挑了一张餐桌。

显而易见，她在跟贝雅尔迪赌气，可是对奥迪儿和路易，却特别和蔼可亲。

"阿克斯特怎么样？他好吗？"贝雅尔迪问道。

"你们看阿克斯特那人怎么样？"尼科尔·哈斯随即问道，就好像她要人回答她的、而不是回答贝雅尔迪的问题。

"那人非常平易近人，"路易说，"您认识他的时候，似乎您在讷伊经营驳船餐厅吧？"

"哦……他向你们谈起这事？"贝雅尔迪尴尬地说。

"原先你有条驳船，罗朗？"尼科尔·哈斯嘲讽地问道，"你？有条驳船？"

"不对……我们和布罗西埃在一条驳船上，开了一个餐厅，"贝雅尔迪解释说，"就在布洛涅树林一带……"

"那么驳船呢？你怎么处置啦？"

"驳船是法兰西游艇俱乐部的。"贝雅尔迪不胜其烦地回答。

"我真想看看你在那条驳船上是什么模样儿……你戴着海军上将的大盖帽吧……"

尼科尔点燃一支香烟，还是路易在巴黎头一次看见她点烟的那懒散动作，还是使用令他深感意外的芝宝牌打火机。

"阿克斯特是个地道的英国人,"她又说,"你们也认识了他妻子吧?"

"对。"

"简直像他母亲,你们没看出来吗?"

"其实他们俩同岁。"贝雅尔迪冷冷说了一句。

"暧,不对……阿克斯特和他妻子的年龄差,跟你我之间一样大……"

贝雅尔迪耸了耸肩膀。他难以保持冷静态度了。奥迪儿颇感兴趣地瞧瞧贝雅尔迪,又看看尼科尔。

"您不觉得他样子比我老吗?"尼科尔指着贝雅尔迪问奥迪儿。

奥迪儿不知如何回答。路易垂下头。

"不,我没有这样感觉。"奥迪儿怯声怯气地回答。

"至少,她为人宽厚……很有教养。"尼科尔说道。

"比你有教养多了,宝贝儿……"贝雅尔迪来了一句。

他的面孔恢复平滑,他还握住了尼科尔的手。路易心想,尼科尔当外人面捉弄他,归根结底使他开心。他们之间的一种游戏?

"我从来没有遇见像我这宝贝这样坏脾气的人。"贝雅尔迪边抚摩她的手边说道。

路易注视尼科尔放在餐桌上的芝宝牌打火机,拿起来打着火，欣赏火苗冒出的黑烟。

"我念中学那时候，就梦想有这样一个打火机……"

"真的吗？"尼科尔问，"那好，我送给您了……"

她冲他嫣然一笑，这微笑十分温柔，十分会意，使路易感到此刻他们的脸完全可以靠拢，嘴唇完全可以接触。

"别客气……别客气……我送给您了，这个打火机……"

他们订了两间客房过夜，在花园另一端的酒店侧楼里。他们要离开酒吧间时，贝雅尔迪抓住路易的胳膊，把他往后拉了几步。

"感谢您帮了我的忙，到巴黎咱们再谈。要知道，路易，酬金等着您……"

"唔……不必了……真的……"

如果贝雅尔迪忘记付给他这笔报酬，他反倒会松一口气。

"哪里……哪里……你们需要零花钱……在你们这种年龄……"

奥迪儿和尼科尔已经穿过花园，他们快步赶上去。侧楼门前挂一盏灯笼，为他们指路。

他们从露天楼梯上楼，客房正对着有绿色木栏杆的长廊。

"晚安。"

"晚安。"

他们住在两间毗邻的客房。

将近凌晨两点钟，路易和奥迪儿被贝雅尔迪和尼科尔·哈斯的声音吵醒。开头，他们不明白隔壁讲些什么。贝雅尔迪不停顿地讲，路易心想他准是念什么东西，或者在电话里跟什么人谈话。

"混蛋！"尼科尔·哈斯嚷道。

"住口！"

一件物品摔到地上打碎了。

"你疯啦！要把所有人吵醒！"

"我不管！"

"你看他们会打起来吗？"奥迪儿问道。

她的头枕在路易的肩窝里，两人静卧不动。

"你可以把着你的臭钱！"尼科尔·哈斯吼道，"我开车回巴黎去！"

"好啦，别讲啦！"

一个扇了另一个耳光。揪打的声响。

"骗子！骗子！你不过是个无耻的骗子！"

"住口！"

"杀人凶手！"

"宝贝儿……"

想必他用手捂住她的嘴，因为听见她的声音发闷，如同呻吟。

"混蛋！混蛋！"

"好啦，要乖点儿……乖点儿，宝贝儿……"

他们讲话的声音压低了，又突然笑起来。宁静，间或听见她呻吟一声，间断的时间越来越长。

奥迪儿和路易睁大眼睛，一直未动弹。天棚上舞动着格子状光影。

"我心里直琢磨，我们在这里干什么。"路易说。

在这客房里有一会儿，他产生了从属和受压抑的感觉，如同在中学和军营里那样。日复一日地过去，心里总琢磨在这儿干什么，难以相信不会总这样被囚禁。

"应当走了。"奥迪儿说。

走。对呀。贝雅尔迪绝不能控制他。绝不能。他无需向贝雅尔迪汇报。无论任何人，无论任何东西，都未曾控制住他。甚至中学院子和兵营院子，现在回想起来，他都觉得像街心广场似的不真实而无害了。

茹西厄广场，夜晚和煦，布罗西埃在露天座等候他们。他看见奥迪儿和路易到来，便起身同他们拥抱。这一举动显示他的异乎寻常的温情。

　　自从他们去英国之后，他变化极大……他穿一套旧的天蓝色厚运动服、一双蓝色运动鞋；他的脸庞消瘦了，开始蓄胡子，并不时用手抚摩。

　　"路易……我要告诉您一个重要消息……我不再跟贝雅尔迪干了……结束了……"

　　他得意洋洋，窥伺路易和奥迪儿的反应。

　　"您今后干什么呢？"奥迪儿问道。

　　"告诉你们……我从来没有这样快活过……"

　　他吸足气，鼓起胸膛。

　　"是这样……我在理学院注册，当个旁听生……这样一来，我感到离雅克琳更近了……我们在同一座教学楼里上课……在圣贝尔纳尔码头大街……"

"怎么，您同贝雅尔迪一刀两断啦？"路易问道。

"一刀两断。我不愿意再见到他。我彻底抛弃了我一生的整整一个时期。现在，我已经脱胎换骨了，路易……"

路易从前在圣洛认识的是脸庞浮肿的旅行推销员，而眼前这个人则穿着运动服，眼睛明亮，两颊瘦削，两者根本不像一个人。那顶蒂罗尔式帽子，他还保存着吗？

"对不起，"布罗西埃说道，"我这身打扮挺奇特……我刚从体操馆出来，每周我要去一次……"

"那我呢？"路易突然问道，"让我一个人留在贝雅尔迪身边？您眼看着我陷进去？"

"哪里……哪里……非常希望您学习我的榜样……雅克琳很快就要……今天晚上，她的课时长些……"

他手臂一挥，扫荡面前的广场。

"我特别喜爱茹西厄这个街区……我和雅克琳出了大学城，从不离开这个街区……"

这座广场有树木，如同外省一座城市的广场。人行道边上，有几个人在玩滚球游戏。在旁边的烟铺咖啡馆里，自动电唱机突然播放音乐。

"我应当领你们参观这个街区……附近就有植物

园……还有吕泰丝圆形剧场，雅克琳时常带我去……有时
我们不到大学餐厅或大学城食堂吃饭，而是去吕泰丝圆形
剧场旁边的一家小餐馆……如果你们愿意，找个晚上我们
一道去……"

他的声音不再沉浊了，它变得热忱，听来清亮而悦
耳。他也放弃了习惯词语和行话，诸如"剃头匠、小钱、
黄鱼①、没辙"，从前总点缀他的谈话，而今再从嘴里讲出
来，听着就不是调儿了。

雅克琳·布瓦万已在他们餐桌落座，膝上放着一个
小学生书包，埃塞俄比亚女郎的优美姿态，令路易赞叹
不已。

"你的课，上得好吗？"布罗西埃问道，同时亲了亲
她的额头。

"很好。"

她转向奥迪儿和路易。

"又见到你们，我很高兴。让-克洛德告诉你们
了吗？"

她的目光在恳求赞同。

"我觉得他做对了。"路易说道。

---

① 指金条。

"你们陪我们回大学城好吗？"布罗西埃提议，"我们到那儿可以吃点东西。雅克琳，我替你拎着书包……"

他们经过亨利四世中学、圣艾蒂安-杜蒙教堂，进入庞太翁广场。雅克琳·布瓦万挽着布罗西埃的胳膊，布罗西埃则拎着书包。

"你们熟悉这个区吗？"布罗西埃问道。

"不熟悉，"奥迪儿回答，"我没有上过大学。"

"要上大学，什么时候也不迟……活证据……"

他指了指自己，又吻了吻雅克琳的脖子。

"只差填写注册单了。"路易也说道。

走到苏弗洛街，只见马约咖啡馆露天座前有好几伙人从左向右移去，正热烈地讨论。布罗西埃站住不动，紧紧搂着雅克琳·布瓦万。他们旁边的奥迪儿和路易却被这几伙人挤撞，要被这人流裹走。多亏布罗西埃使劲拉住他们。

"往右拐，去圣米歇尔林荫大道，"他以导游的指示性声调说，"你可以看到卡普拉德……再往前，就是我和雅克琳常去的庇卡尔书店……还有'唱闪电'唱片商店……再往南，就是吉贝尔旧书店，我有时去那卖几本旧书，换点零花钱……再走就看见克吕尼咖啡馆……那家咖啡馆的二楼总有打弹子的人……"

他声音急促，就好像忽然惊慌起来，怕时间不够，不能让他们领略这个街区所有迷人的去处。即使一辈子也游赏不完。

到了卢森堡车站，他们坐在长椅上，等索镇这趟车进站。

"您应当学我的样子，路易，跟罗朗彻底断绝关系……奥迪儿，您和他说说肯定管用……他不能再跟贝雅尔迪干了……"

在开往大学城的车里，布罗西埃多情地紧紧靠着雅克琳·布瓦万的肩膀。

"我跟您坦率地说吧，路易……罗朗已经走投无路……趁船还没沉，赶紧下来……"

"您很久就认识他了吗？"路易问道。

他觉得迄今为止，布罗西埃的回答一直模棱两可，而现在他和贝雅尔迪断绝了关系，他重又向他提出这种问题，布罗西埃就可能和盘托出，作出最详尽的解释。

"我是在大战刚结束时认识罗朗的……算来差不多有二十年了……"

"好像有个时期，你们在一条驳船上开了个餐厅？"路易问道。

"哦，对……尤尚纵帆船……是谁告诉您的？那完全是一场灾难……罗朗要侍者都穿上牧牛人服装……"

他拥抱雅克琳，顽皮地亲了亲她的脸蛋。

"亲爱的，提起老抵抗战士的那些事，你听着不腻烦吗？"

雅克琳文雅地耸了耸肩膀，心照不宣地瞥了奥迪儿一眼。车驶到当菲尔-罗什罗站。

"我十八岁那年认识罗朗……他比我大五岁……"

他凑到路易耳边。

"罗朗的悲剧，可以用一句话来表达：'我想干，却又干不了……'请原谅，我要讲一句粗话：罗朗放的屁，总比他的屁股高……"

这又是圣洛时的布罗西埃了。

他们在大学城站下车。前边有个男孩用脚盘带足球。布罗西埃上前做了个假动作，抢过球，一直带到台阶，没有被男孩抢回去。得到这一胜利，他欢欣雀跃。

"到土耳其餐厅吃点吧？"布罗西埃说，"就往南走一点儿……"

他们沿着茹尔当林荫大道，走向夏尔莱蒂运动场。在人行道中间的树下，有一个玻璃柜台，周围摆了四张桌子，映着蓝色和粉红色的霓虹灯光。

"四份俱乐部三明治、四大杯散装啤酒。"布罗西埃对老板说。

徐徐清风送来蒙苏里公园的幽香，由于夜色清亮，他们望见大草坪那头的突尼斯官府楼。在他们的对面，空荡荡的林荫大道的另一侧，正是布罗西埃说过他喜欢那有护壁的大厅的英国楼。在稍北一点的车站，不时发出一辆空的公共汽车。

"你们俩假期打算干什么？"布罗西埃问道。

他和雅克琳已决定，七八两月留在巴黎。上午，他们就在大学城的草坪上进行日光浴，下午则扮演旅游者，去参观荣军院、卢浮宫、埃菲尔铁塔、圣教堂，晚上，到塞纳河的客轮上用餐。他们也许会登上一辆旅游车，一直到凡尔赛宫，在海神池边看一场以幻灯音乐介绍古迹的"声光"演出吧！

"这样度过假期，我觉得非常有意思，"雅克琳说道，"你们应当来找我们……"

"关键的一点，"布罗西埃说，"我们要选择有组织的参观……有导游……我们完全被人牵着鼻子走……您明白吧，路易……有导游……"

他坚持这一点。对，近来，他产生强烈的渴望，要"组织"和"导游"。

然而，路易无论如何也要了解布罗西埃是如何认识贝雅尔迪的。

"还是从头说起吧，"布罗西埃说，"我是在战争刚结束时认识罗朗的，那是在讷伊的一家名叫'栗树'的公寓里……他同母亲和未婚妻……一个英国女郎住在那儿……"

而他，让-克洛德·布罗西埃，当年是个十九岁的小胖子，刚从诺曼底进巴黎，在布勒学校注了册。但是不久，他就把布勒学校置于脑后，跟上他们的生活节奏。乘车去游览，有时一直到多维尔，还去看跑马，晚上在"栗树"小客厅里同德·贝雅尔迪打桥牌。罗朗在德国得了军功章，开始从商。埃莱娜，罗朗的未婚妻……她懒极了，埃莱娜……有一天，罗朗把一盒咖啡豆带回公寓，那个时期实行食品配给制，咖啡很难弄到，可是埃莱娜却长叹一声，心想还得她来磨咖啡。

雅克琳·布瓦万文静地吃着三明治。奥迪儿叼着一支香烟，是路易用芝宝牌打火机点着的。布罗西埃呢？追忆起这些遥远的往事，他突然变得神色黯然，他的脸拉长了，路易后悔不该问他这些事。

"是的，我从诺曼底来，到布勒学校念书……"

他脸色越来越苍白，就好像他明白放在他膝上的书包、他身穿的运动服和他的大学生资格，甚至穿着灰色褶裙和木色羊毛衫套羊毛外衣的雅克琳·布瓦万，也不足以保护他，抵御逝去的时间和世态的炎凉了。

白天，路易又到德莱兹芒街的停车场守班了。再不然，他就像去英国之前那样，往巴黎市区和郊区送信件。

尽管贝雅尔迪一再坚持，他拒绝了那笔酬金。后来贝雅尔迪故意拿出一种无所谓的声调，向他解释搬运工要来搬停车场的家具和档案，路易当即感到吹来一股溃逃之风。不过，他不敢提任何问题。

"我清理了停车场。"贝雅尔迪对他说。

停车场已经空了。美国车消失了……梅赛德斯牌轿车也不见了。紧靠里端，只剩下一辆灰色旧西姆卡轿车，轮胎还是瘪的，而且，它从来就没动过地方。

一天下午，他帮贝雅尔迪把一些档案材料搬到这辆西姆卡轿车旁边，那里靠墙有一个砖砌的壁炉。贝雅尔迪放了几块劈柴，生起火来，再一份份打开材料，一页页投进火里，并用一根长铁条搅动灰烬。

"火能净化一切。"他若有所思地说道。

"怎么，布罗西埃不再跟您干啦？"路易问了一句。

"您怎么知道？"

"有一天我遇见他了。"

贝雅尔迪坐在旧西姆卡车的踏板上，正翻阅一份材料，听这一问，他便抬起头。

"我认为他在热恋。您说我有什么办法呢？"

"他对我说他认识您很久了……"

"对，我们是朋友……几乎是童年朋友……"贝雅尔迪支支吾吾地说。

"好像你们是在战争刚结束时认识的，是在讷伊的一家公寓里吧？"

贝雅尔迪的眼睛闪过一丝不安的神色。

"他还跟您说别的什么啦？"

"没了。还说您同母亲住在那里。"

"哦……他对您提起我母亲？"

他的脸刚要绽开笑容，却又阴沉下来。

"要知道，我一直在我身后拖着布罗西埃……拖了一辈子……常有这种事……"

他站起身，往壁炉里投了几页纸。

"他明确对我说，现在他要创造自己的生活，我亲爱的路易……"

他嘿嘿一笑，短促得就像咳嗽。

"只不过，他年纪太大了……我确信早晚他会又来找我……夹起尾巴……然而我却不在这儿了……"

阳光透过后部的玻璃棚顶，在地面映现一大块光斑。路易和贝雅尔迪就坐在这光斑中间，如同在林间空场歇息的游人。炉火劈啪直响。

"我清理了这里的生意，"贝雅尔迪说，"但是，亲爱的路易，我还要用您一回……"

路易拎着绿色提包，沿一条横向街，回到路易-布莱里奥码头大街，走进大楼。贝雅尔迪给他开门。

"所有剩下的材料，您都拿来啦？"

"对。"

贝雅尔迪迅速检查一下搁在提包里的材料。

"给我吧……"

他走在路易前面，拎着这个提包，好像赶集回来，真是奇特的背影。

走进客厅，路易发现家具不全了，只剩下大沙发和两把太师椅。靠墙排列在书架上的书籍搬得一干二净。

"这套房间我也要清理，"贝雅尔迪说，"如果您对书感兴趣……"

他们走向大沙发，只见尼科尔·哈斯穿着马裤，躺在上面睡觉，脸枕在沙发扶手上。看到这滑润的脸、这微启的嘴，路易不禁动情。贝雅尔迪轻轻拍了拍她的肩膀。她睁开眼睛，瞧见路易，立时起身。

"请原谅……"

"没关系，亲爱的……"

从虚掩的落地窗钻进来的风，吹得轻纱窗帘鼓起来，如同奥迪儿和路易在这里初次会见尼科尔·哈斯的情景。

"天气这么好，应当利用呀，宝贝儿……"贝雅尔迪说，"今天下午打算干什么？"

"我要去看马。"

"路易可以用车送你去。我呢，就留在这儿……我还有事情要办……"

电话铃响了，贝雅尔迪到房间另一端去接电话。路易坐在尼科尔·哈斯对面。她面容尚有睡意，默默无言，只是冲他微笑。这笑貌、这双凝视他的明眸、风鼓窗帘引人遐思的波动、一只驳船的马达声，这一切组成了终生难忘的一刻。

到讷伊区的农场街，尼科尔让他把车停在一幢矮楼前面。这幢楼的一层是"洛比"酒吧间，里面镶木护壁，光线昏暗。赛马与骑师的照片。马镫。马鞭。皮革气味。

一个男人从餐桌旁站起身，过来吻了尼科尔·哈斯的手。他五短身材，也穿着骑马服装，黑发黑胡子，躯体直挺挺的，活像一个蜡人。话语在他口里挤撞，一个音拖长，另一个音吃掉，下一个音又悬浮，模仿某些盎格鲁-撒克逊人跳动的谈话，学得惟妙惟肖，真使人怀疑他是否在讲法语。路易听尼科尔·哈斯介绍，此公是个侯爵，长期在南美洲居住，娶了一位电影演员，并做她的"经理人"。回到法国，他当上洛比咖啡馆对面的骑马场的经理。他从美洲带回来的唯一收获，就是"经理人"的头衔，他把这头衔印在名片上，比他的贵族爵衔还要看重。

"怎么样，尼科尔，您那几匹马，还要放我们那里一段时间吗？"

"对，再放一个月。"

"然后就去阿根廷？告诉我，这事儿决定了吗？"

"还不知道。"

"必须及时通知我……那里有我非常好的朋友。多德罗、格拉西达……彼得·埃伊扎奎尔……不对，不对……这个是智利人……这些高丘人①，我全把他们给弄混了……"

侯爵列举他朋友的名字时，声调变得很尖厉。

"喝点什么吗？好不好？苏格兰威士忌？咖啡？茶？您说吧。"

---

① 高丘人居住在南美洲潘帕斯草原上。

他抡动双手，好似奇怪的小风车，就好像袖子妨碍他似的。

"您会骑马吗？"

"不会。"路易答道。

"为什么？"

"他还没有工夫学呢。"尼科尔·哈斯替他解释。

"一定要学会。"侯爵严肃地说。

他们离开洛比咖啡馆，走进骑马场的大门。

"请自便，"侯爵说，"我还要给罗贝尔·德·安举的千金上骑术课……近日见，尼科尔……去阿根廷那事儿，要告诉我，嗯？……我要了解寄养马匹的费用……"

侯爵略一回身，就离开了他们。他们穿过沙地的院子，走向马厩。尼科尔·哈斯要让路易看看她的马。共有两匹，一匹灰白斑黄马、一匹枣红马，它们的头伸到栏外。她抚摩马的额头。

马厩房顶有个类似鸽子棚的小房，爬满了青藤。

"上边有我一间屋子……您要看看吗？"

他们登上一座小旋梯。尼科尔·哈斯打开门。房间很小，糊了朱伊造的墙壁布，有一张窄床，盖着淡蓝色丝绒床罩。

"我经常来这儿……这是我唯一感到舒服的地方……

因为在马匹附近……"

她把窗户打开一条缝儿，然后躺在床上。

"我一直弄不明白，您为什么跟罗朗一起干……"

"是生活的偶然安排……"路易说道。

他坐到地上，背靠着床沿儿。

"等他走了，您干什么呢？"

"不知道，"路易回答，"您呢？"

"不管是他还是另外一个人，总之他得能养得起我的马。"

她那张秀气而固执的脸偎在路易的肩窝里。

"他要带我去阿根廷……可是，我到阿根廷去干什么呢？"

她往他脖子上吹风。

"您知道罗朗是个杀人凶手吗？不错，是个杀人凶手……当时报纸刊载了文章……我在阿根廷，跟一个凶手一起干什么呢？您好像没听懂我的话，路易……我，在那里，跟这个杀人凶手朝夕相伴……"

他们在这个房间的窄床上，一直待了多久呢？她肩头有一个星状的伤疤，路易情不自禁地把嘴唇贴在上面来回吻。一次从马上摔下来的纪念。夜幕降临了。听见木屐的嗒嗒声、一匹马的嘶鸣，侯爵的尖叫：他在吆喝马，但间隔的时间越来越长，好似清幽的笛音在回旋。

不知不觉走向夏季，贝雅尔迪吩咐干的事越来越少，大多日子，路易是和奥迪儿一起度过的。有时，他们去大学城看看布罗西埃和雅克琳·布瓦万，大家一起在大草坪上野餐，或者在蒙苏里公园里散步。玛丽经常到蒙马特尔来。她在她的住所附近一个出租房，正好开她们的"流行时装店"。

夜晚，他们在垒道上漫步，一直走到白广场和庇迦勒。他们也去看约尔当：小伙子终于在殉道大街的一家咖啡馆找到一个差使，而且演出时一直穿着奥迪儿和玛丽做的衣裙。再不然，他们干脆北上，逛科兰库尔街和于诺林荫路，然后再原路返回。科兰库尔街的"罗马饭店"的门口，像瞭望岗一般通宵亮着灯。

他们在于诺林荫路上，遇见一个牵着虹色长鬈毛猎犬的身材魁伟的男子。双方点头致意。虹色长鬈毛猎犬立刻对奥迪儿和路易产生了好感。

且说那天晚上在"梦幻"咖啡馆的露天座，那男子和他们是邻桌。虹色长鬈毛猎犬将下巴搭在了奥迪儿的膝上。

"我的狗不妨碍您吗，小姐？若是妨碍，就毫不客气地告诉它……"

他的嘴唇虽然微微翕动，但是男低音却传得很远。

"没事儿，没事儿，并不妨碍我。"奥迪儿说着，用手抚摩猎犬。

"你们住在这个街道吗？……"

"对，"路易回答，"往南一点儿，在这条街……"

"多少号？"

"18号乙。"

"几层？"

路易沉吟一下。

"六层。"

"不可能！……住在画室？"

"对。"

"可以吗？"

他移到奥迪儿和路易的餐桌来，那神情显然很激动。他的花白头发留得很短，脸庞浮肿，眉弓有力，灯芯绒外衣更增加了他的块头，样子像一个老拳击运动员。他周身散发一股旧皮革和冷灰气味。

"想想看，当年那是我的画室……"

这张脸有种表情显示粗豪的性格，但又难以确定是什么。

"要承认，时常有巧事……"

"您是画家吗？"奥迪儿问道，她仍在抚摩猎犬。

"那时候，是啊……我住在画室那阵儿……我给音乐厅画节目单封面……算了，我别来向你们叙述我的一生……对了，柜台和电扇，你们没搬走吧？"

"没有。"路易回答。

"中国画，那是我画的。"

他扬着头，嘴角挂着略带嘲讽的微笑，金鱼眼睛打量着奥迪儿和路易。

"我还没有自我介绍呢……鲍尔……为了庆贺这一巧遇，我邀请二位去喝李子酒……就在附近……"

他的声调极为干脆，实在不好拒绝。

就在于诺林荫路，他们走进一幢小楼门，鲍尔牵着狗在前边引路；这类小楼是三十年代建的，玻璃窗上方呈拱形。

"如果你们不介意，就请脚步尽量放轻些，"他低声说道，"我母亲睡了……"

他们踮起脚，穿过一条过道，走进一间相当宽大的屋子，是客厅或者餐室。鲍尔轻轻地关上门。

"我们可以说话了……这里说话，我母亲一点也听不见……"

屋里有一个食品橱、一张粗木桌和几把粗木椅子，都漆成褐色。两扇窗户之间一个带摆的帝罗尔造的挂钟、一张乳白色绸面太师椅，以及食品橱格上一只花瓶里的几朵玫瑰花，才给这环境添点喜悦的气氛。路易注意到一个男子的逆光照片，只见他靠在帆船的桅杆上，由波光粼粼的海面一衬，他的身影显得十分清晰。

"阿兰·热尔博……我十七岁的时候，跟他很熟。"鲍尔介绍说。

这张照片给这房间带来一种怀旧的魅力，犹如一股海风或夏威夷吉他的呼唤。

"请坐……请坐……"

餐桌上铺了一块漆布，狗蹿到奥迪儿身边的椅子上，直挺挺地坐着，眼睛盯着鲍尔，鲍尔则往高脚香槟酒杯里给他们斟李子酒。

"好像您的狗也要喝酒。"奥迪儿说。

鲍尔忍俊不禁。

"好……那就给狗也倒一杯……"

他往一只高脚杯里倒酒，一直满到杯沿儿，然后把酒杯推到颇为疑惑的狗的面前。接着，他拉开一个抽屉，拿出一个绿色皮面的大相册。

"喏……这是我住在画室那个时期的留念……就是在你们现在住的地方……"

路易打开相册，鲍尔就站在他和奥迪儿以及狗的后边。前两页各有一张照片，用塑料薄膜保护。两个五官端正的男子，一人褐色头发，另一人金黄头发。照片有三十年了。

"皮埃尔·梅耶和冯·杜朗……音乐厅的两位艺术家，"鲍尔说道，"是我一生最钦佩的两个人……"

"为什么？"奥迪儿问道。

"因为他们英俊，"鲍尔以不容置疑的口气答道，"两个人都自杀了……阿兰·热尔博，可以说也一样……"

路易往后翻看，只见不同音乐厅节目单的封面，有加晕线的大字"鲍尔"签名。

"您也许认识我母亲吧？"路易问道，"她在'塔巴兰'干过事儿……"

"你妈妈？不认识，老弟……'塔巴兰'那儿我不认识任何人……我主要是为一位小姐设计……"

后边每页都贴着年轻人的照片，标有姓名，日期越来越靠近。代代更替。所有这些青年，个个相貌堂堂，在他们中间有一个成年人，他身体发福，面目和善，嘴唇呈弧状，眼角有皱纹。

"他叫东东，是'自由饭店'的……"

吊灯光线强烈，照得保护所有这些纪念物的塑料薄膜熠熠闪光。狗似乎感兴趣，不时伸头嗅嗅相册，当路易翻页不太快时，照片上就出现它呼吸的水汽。奥迪儿头靠在路易的肩上，好看得清楚些。

"您这些照片很有意思，"她说道，"您经常看看吗？"

"不看。一看就伤心……"

"为什么？"

"想想这些英俊的青年，不是老了就是去世了，怎不叫人悲伤……而我，还活在世上，如同一座看见他们过去的腐朽的旧浮桥。我只剩下他们的照片了……我想再弄个相册，贴上我一生养过的所有狗的照片，然而，我又感到没有这种勇气。"

他声音沙哑了，一下子坐到椅子上，拉起奥迪儿的手。

"小家伙，您还太年轻，无法理解……真的，我一翻这本相册，看见一批又一批照片，就感到这是涌来依次击碎的一道道波浪……"

　　路易心头一紧，不敢相信自己的眼睛：在发亮的塑料薄膜下面有一张照片，是布罗西埃和贝雅尔迪的并肩合影，布罗西埃圆圆的脸蛋，还没有完全脱离童真稚气，而贝雅尔迪也不过二十五岁，一头鬈曲的黑发，眼神和笑容很迷人。

　　"您认识他们吗？"路易问道，同时用手擦掉狗在塑料薄膜上的哈气。

　　鲍尔把相册拉过来。

　　"认识……认识……这个小的，长得像罗兰·图坦，我送他上过戏剧艺术课……"

　　他用食指点着布罗西埃。

　　"可是毫无长进……我甚至让他跟我一起鉴别古艺术品……后来，我想他是在一家航空公司里当服务员……布拉柴维尔航空公司……另外一个，完全不同……他向我兜售绘画……后来变坏了……杀害了一个美国人，上了刑事法庭……最后宣告他无罪……我还保留着剪报，如果您感兴趣的话……终于，在讷伊，他经营了一个餐厅……他甚至还请我去给装饰……要搞成'海盗船'的样子……真的，您想要报道他的剪报吗？"

　　"好哇。"路易故意拿出轻快的声调回答。

鲍尔伸手从相片下面抽出一个信封，递给路易。路易当即塞进兜里，就好像那是一小袋可卡因。

"真高兴，您对过去的事情还感兴趣。"鲍尔说道。

"您是在哪儿认识他们的？"奥迪儿愕然地问道。

"他们吗？我记不清了……可能在东东家里……忘记了……好，就到这儿吧，孩子们……"

他啪的一声合起相册，又放回食品橱的抽屉里。

"如果你们很明智，有朝一日，我会把这相册送给你们的。"

路易一阵激动，不禁站起身来。面对这新发现，他一动不动，呆若木雕。

"请……"鲍尔示意他重新坐下。

他拿了一个照相机，安上了闪光灯。

"刚买不久……彩照……立时可得……你们俩靠近些……居伊，你也来……"

路易回头看看，鲍尔微笑了。

"居伊，就是我这条狗……"

居伊把嘴贴在奥迪儿的手腕上。鲍尔对镜头。

"这样很好……三个全能照上……"

闪光灯一亮，使路易眨了一下眼睛。他想到贝雅尔迪和布罗西埃，心里也反复念叨鲍尔讲的短短一句话：

"……涌来依次击碎的一道道波浪。"自不待言，鲍尔也要把他们的照片注上日期，放进相册里，他和奥迪儿，以及这只猎犬，不过是继那么多波浪之后的一道波浪。

信封里装了一张发黄了的剪报：

昨天晚上，在讷伊区夏尔-拉菲特街的一家公寓里，刑警逮捕了杀害美国人帕克的嫌疑犯，二十五岁的罗朗·尚坦·德·贝雅尔迪。

据查悉，帕克在本国与司法机构有过严重纠纷，一九四六年初，他来到法国。关于走私美国剩余军用物资一案，法国也曾开庭调查，帕克可能伙同圣克卢的 P·X 公司一名职员，组织走私了拖拉机、防雨布和广播器材。尚坦·德·贝雅尔迪就是霍华德·帕克雇佣的一个推销员。

年轻人似乎给比他年长二十岁的帕克当私人秘书。据一些人证明，在皮埃尔-夏隆街的"旅栈"酒吧间，经常看见他们两人；帕克常在那家酒吧间约人见面。在罪案发生之前几小时，他们两人还到过"旅栈"。

罗朗·尚坦·德·贝雅尔迪出身于一个善良的家

庭，自称经销艺术品。解放战争时，他加入了德·拉特尔的军队，因作战勇敢，二十三岁就荣获军功章。他父亲在赛马界是知名人士，长期担任法国马市场和比亚里茨的马球协会主席。父亲去世后，家庭生活困难，尚坦·德·贝雅尔迪同母亲住到讷伊的那家公寓，并在那里被捕。

两个与他关系密切的人，埃莱娜·米福特和十九岁的让-克洛德·布罗西埃，也住在夏尔-拉菲特街的公寓，他们受到司法警察的传讯。多人的证词似乎对尚坦·贝雅尔迪都非常不利，使警方在四十八小时内就查明是他。首先，莫里埃尔村的汽车修理工，让-托勒先生曾见到杀人凶手，并详细描述其相貌特征：二十五岁左右，高个子，仪表堂堂。那人向他买了两公升汽油。迦尔什村的一位居民塞克太太，也描述了凶手的相貌特征，跟托勒先生描述的一样。她带着狗，穿过一片树林去吕埃伊村，忽听两声枪响，间隔时间很短。一辆汽车启动，离她几米远处驶过，因而她来得及看清司机：二十五岁左右，跟莫里埃尔村买汽油的人一样，而且同样是黑头发，没有胡须，五官俊秀。他身边，靠他的肩膀瘫倒一个男子。塞克太太感到事情蹊跷，便记下汽车号码：德拉埃十二马力酱紫色轿车，9092RM1，正是尚坦·德·贝雅尔迪使用的汽车，人们经常看见这辆车停在讷伊那家公寓门前。

初看起来，难以理解尚坦·德·贝雅尔迪杀害帕克的动机。也许是由于两人在走私过程中发生了争执。

这篇报道的下面，贴了一份报纸的大字标题：

尚坦·德·贝雅尔迪因案情有疑点而宣布无罪

他的上校和法国第一军团他的一位老战友前来作有利于他的证词。

"疑点"一词下边用红墨水笔画了两道线，并打了三个惊叹号，有力的手划破了纸，笔者肯定是鲍尔。

他终于选中"巴黎北站"，这是敦刻尔克街的一家大啤酒店，门脸儿漆成褐色。路易和奥迪儿跟在他后面。

看来贝雅尔迪熟悉这地方，把他们领到靠里的餐桌，正好靠一面乌玻璃隔墙，透进淡绿色的光线。餐厅空荡荡的。他们从座位能望见北站的一部分。

贝雅尔迪看了看表。

"还有二十分钟……"

他的全部行李，只有一个皮包和一只小箱子，放在他身边的一张椅子上。

"后天上午十点整，我们在日内瓦里什蒙酒店大厅见面……这是去安西的两张往返票……我查过了……五点钟，安西到日内瓦有一趟长途汽车……火车将近三点钟到达安西，这样，你们还有两个钟头的间歇时间……"

他转向奥迪儿：

"这趟旅行，您觉得没意思吗？"

"嗳，哪里。"

"这是你们为我跑的最后一趟旅行了。给您……就是这个……"

他把小箱子放到路易的膝上。

"这里边装的钱款，和上次您交给阿克斯特的一样……这次，老弟，无论如何您要拿一笔酬金……我们到日内瓦再说……别说了，别说了……我坚持这一点……在长途汽车上，钱要藏好……这太阔气了。"他指着小箱子说道。

"放心吧。"路易回答。

"我到布鲁塞尔去一趟……我在那儿要清理几件事……这样，我就完全断了后路……然后，就去阿根廷……"

他像击钹似的搓着双手。

"干吗去阿根廷呢？"路易问道。

"那里有我亲人，是我母亲一方的。而且，尼科尔也能养马……我想到点事儿……从现在起到明天，您要想同我讲话，就往布鲁塞尔'大都会'饭店给我挂电话……您就找尚坦先生。"

他往装火车票的纸袋上写了"尚坦"二字。

"这是我姓氏的一部分……想想看，我姓氏的全称是尚坦·德·贝雅尔迪……"

奥迪儿和路易相视会意，路易准备拿出那份旧剪报给贝雅尔迪看，他的手已经插进外衣里兜，但又改变了主意。

在玻璃隔墙的光线中，贝雅尔迪的脸色显得灰白，好像转瞬间他变老了。

"真有意思……"他说，"从牢房出来，我就住在北站这个街区……"

"您坐过牢？"

"我是开玩笑，老弟……不过，我在这个街区住了很长时间……马让塔林荫大道……一个面目可憎的街区，也因此出了名……"

他观赏周围空荡荡的大厅。

"当年，我经常和一位姑娘来这儿吃晚饭……一位金发姑娘……她叫日内维艾芙……也住在这个街区……"

贝雅尔迪眼神凝滞，流露出慌乱和疲惫的表情。也许是因为在这寂静的餐厅里，再也没有那个日内维艾芙的丝毫遗迹了。

"你们呢？你们打算将来干什么？"他问道。

"不知道，"路易回答，"先度假。"

"你们二位，确切说有多大年龄啦？"

"过三天我就满二十岁了。"奥迪儿答道。

"您呢，路易？"

"我呀，再过一个半月。"

贝雅尔迪若有所思地举起杯。

"好哇，为二十岁干杯！"

他一口干掉咖啡。

"好了……我要告辞了……不必……不必……请留在这儿……我讨厌在火车站台上告别……后天十点整，在里什蒙见面……再见，芒兰太太……"

路易还是拎着小箱子，把他送至啤酒店门口。

"在开往日内瓦的汽车上，您不要露出马脚……其实不难……您的样子非常可爱，亲爱的路易……我心里琢磨，我在您这年龄，是否有这种模样……您看呢？"

"不知道。"路易回答。

他穿过马路，朝北站走去，还挥动手臂，但没有回头。他胳臂这种若不经意的挥动出乎路易的意料，像祝福的动作留在他的记忆中。

天还大亮，他们信步在这个街区游逛，这里曾住过罗朗·尚坦·德·贝雅尔迪和一位名叫日内维艾芙的金发姑娘。路易把小箱子夹在腋下。他们一直走到东站，然后又回到北站一带。这是火车始发的街区，楼房门脸儿笨重，也是商业、堆满灰尘的律师事务所、钻石首饰店、啤酒店的街区，里面冒出一股股阿尔萨斯和比利时的气息。

他们还不知道，这是他们在巴黎的最后一次散步。他们还没有单独的生活，而是同楼房的门脸儿和人行道融为一体。碎石马路像补丁摞补丁的一块破布，上面刻有历次浇沥青的日期，也许刻有生、死、约会的日期。后来忆起他们生活的这段时期，他们眼前重又浮现十字街头和大楼楼门。他们接收了这些景物的全部反光。他们不过是这座城市灰黑色彩的虹色气泡。

圣万森-德-保罗广场及其街心花园和教堂，显得寂静无人，如同人们在梦中穿行这熟悉的地方。他们沿着欧特维尔街回到林荫大道，到布雷邦咖啡馆附近，就淹没在人群中了。

奥迪儿已经入睡。路易悄悄下床，踮着脚走到窗口。安西城细雨霏霏。下边公园里孩子们在相互追逐，一个看管的人站立不动，但只能看见支起的黑伞面。

路易选中这家酒店，是因为它离火车站近。赭石色的门脸儿也吸引他，令他想起念中学时，他在安西度假的日子。一个金发男人的形象，还留在他的记忆中。那人每星期六都到帕齐埃散步场漫步。人们叫他"卡尔顿"，那是他从前当过侍者的酒店名字，根据传说，他胸口总是挎一支灰麂皮套的勃朗宁手枪。

三年当中，安西没有变化。天在下雨，还像每星期天晚七点返校时那样。那时星期天实在无事可干，只能躲在小酒馆的拱廊下或俱乐部的遮雨披檐下。再不然，就是在王家大街上闲逛。后来到圣洛，还是下雨，走路要跳过一个个水坑。略微思考一下，从中学到兵营，这下雨和使用土耳其式厕所的九年，真是屈指可数。

路易从酒店窗口望见了火车站。左侧有一幢浅色的建筑，开往日内瓦的长途汽车就是从那里发出。记得有一天，他同他父亲的朋友，即他的教父乘过那趟车。经过克吕塞耶和圣于连。要通过两道过境海关。

在另一侧，每星期天晚上他等待的客车，就要停在离中学校一百米远的地方。这趟车上乘客总是很多，一路只能站着。在湖畔维里埃角上，耸立着芒通-圣贝尔纳尔古堡，宛似跃到浪峰上的一只虚幻的航船。再往远看，路边便是小小的阿莱克斯公墓……

小箱子放在床头柜上。他拎过来，在窗口坐下，倾听奥迪儿均匀的呼吸。四点钟了。开往日内瓦的长途汽车五点二十二分发车。

　　他打开小箱子，全是一叠叠五百法郎面值的钞票。新票子。他凝望对面的火车站。

　　从前有一个星期天，他故意放过汽车，回到"教父"家里，说是没有赶上车。"教父"只好开雪铁龙轿车送他到学校。

　　然而，灰暗阴雨的这些年，如今接近尾声，此后他倒觉得十分遥远，只留下漠漠的记忆。

　　他开始数有几叠钞票。是啊，主意已定。

　　他唤醒奥迪儿。当天晚上，他们乘火车去尼斯。在里昂倒车，等了十分钟。

　　他们在尼斯待了半个月。他们租了一辆美式大型敞篷车，一连几个月，驱车跑遍了蓝色海岸。

　　一天上午，他们行驶在尼斯和自由城区间的峭壁公路，路易产生一种奇特的轻松而迟钝之感，他很想问问奥迪儿是否有同感。

　　后来，他还思忖，这种感觉，也许不过是他的青春，这种一直压抑他的感觉，终于脱离他了，犹如一块岩石缓缓滚向大海，击起一片水花便消失了。